VOOR IK JE LOSLAAT

MARIEKE NIJKAMP

Voor ik je loslaat

Vertaling Ineke van Bronswijk

HarperCollins

MIX
Papier van verantwoorde herkomst
FSC® C083411

Voor dit boek is papier gebruikt dat onafhankelijk is gecertificeerd door FSC™
ten behoeve van verantwoord bosbeheer.
Kijk voor meer informatie op www.harpercollins.co.uk/green

HarperCollins Young Adult is een imprint van Uitgeverij HarperCollins Holland, Amsterdam

Oorspronkelijke titel: *Before I let go*

Vertaling: Ineke van Bronswijk
Omslagontwerp: Nicole Hower/ Sourcebooks, Inc.
Bewerking: Nanja Toebak
Omslagbeeld: Nicole Hower/ Sourcebooks, Inc.
Foto auteur: © Karin Nijkamp
Zetwerk: Mat-Zet B.V., Soest
Druk: CPI Books GmbH, Germany

ISBN 978 94 027 0056 5
ISBN 978 94 027 5396 7 (e-book)
NUR 285
Eerste druk december 2017

Published in agreement with the author, c/o BAROR INTERNATIONAL, INC., Armonk, New York, U.S.A.

Voor hen die we onderweg zijn verloren.

Volgens de verhalen is het dorp Lost Creek in Alaska niet genoemd naar de gelijknamige rivier, maar naar de eerste groep pioniers, een handjevol avonturiers voor wie in de wereld geen plaats was. Mannen die nergens thuishoorden, verschoppelingen – lost souls. Daar schoten ze wortel, stalen land dat niet van hen was, en bouwden ze huizen tussen de bergen en de mijnen, de warmwaterbronnen, de rivier en het meer. De zomerdagen waren lang en de mogelijkheden leken onbegrensd.

Toen kwam de kou. En deze pioniers ontdekten dat ze zich in hartje winter hadden gevestigd. Ze waren op zoek geweest naar nieuwe kansen, maar ze stonden machteloos tegenover de winter en de vorst die bezit nam van hun land. En hoe ze hun best ook deden, deze lost souls, zelfs in Lost konden ze niet ontkomen aan hun lot.

DE EERSTE DAG

NACHTVLUCHT

De motoren van het vliegtuig ronken. De luikjes zijn dicht, en het licht is gedimd tijdens deze vlucht naar een strengere winter. De paar passagiers om me heen luisteren naar muziek of proberen te slapen op hun ongemakkelijke stoelen.

Ik kan niet slapen. Ik heb al sinds het telefoontje niet meer geslapen. Ik staar glazig naar de stoelleuning voor me, maar ik zie alleen haar. Donkere krullen. Lichtbruine ogen. Een groot hart. Een meisje dat zelfs glimlachte als de zon 's ochtends niet opkwam, dat lachte ondanks de duisternis, dat de nachten omarmde en de dagen koesterde.

Ze stal mijn hart en waakte erover. Ze beloofde dat ze op me zou wachten, met woorden die in mijn geheugen zijn gegrift en een tedere aanraking die ik nog kan voelen.

Zij.

Kyra.

Míjn Kyra.

Ik zal je een verhaal vertellen.

Ze was mijn beste vriendin. Ze betekende alles voor me. En ik ben haar kwijt.

Telefoontje

'Corey?'

'Mam? Ik ben net terug van de sportzaal en Eileen vertelde dat je had gebeld. Wat is er? Iets met jou? Of met Luke? Wat is er gebeurd?'

'Er is niets met Luke, lieverdje. Maar ik kreeg vanochtend een telefoontje... Ik... Ik wilde dat je het van mij zou horen...'

'Een telefoontje?'

'Lynda... Mevrouw Henderson. Er is iets gebeurd in Lost Creek.'

'Kyra? Heeft ze een episode gehad? Is ze weer weggelopen?'

'Nee, dat is het niet. Ze... Ze...'

'Mam, vertel het me alsjeblieft.'

'Corey, ik vind het zo erg.'

'Mam, huil je?'

'Niemand weet precies wat er is gebeurd, maar ze denken dat ze over het meer zwierf en in een wak is gestapt. Ze is onder het ijs gevonden.'

'Wacht... wát?'

'Ze is verdronken. Kyra is v-'

'Nee.'

'Corey...'

'Nee. Nee.'

'Corey, schat, luister naar me.'

'Nee. Ik wil het niet horen. Ik geloof je niet.'

'Corey... Corey. Rustig ademen. Luister naar me. Ik heb de rectrix gesproken. Kom naar huis.'

'Nee.'

'Je bent geschokt...'

'Kyra kan niet dood zijn. Ze heeft beloofd dat ze op me zou wachten. Ze weet dat ik kom logeren. Ze kan niet dood zijn.'

'Lynda denkt...'

'Het is begin januari! Het meer moet stijf bevroren zijn! Het kan gewoon niet.'

'Sheriff Flynn doet onderzoek, maar niets wijst op verdachte omstandigheden. Lynda denkt dat Kyra op zoek is gegaan naar een scheur in het ijs.'

'Nee, nee, nee.'

'Kyra was ziek. Ze hebben alles geprobeerd om haar te helpen, maar soms kan niemand iets doen.'

'Ik had haar niet achter moeten laten. Ik heb haar laatste brieven niet eens beantwoord.'

'O, Corey.'

'Ik moet naar Lost, mam. Ik heb beloofd dat ik terug zou komen. Ik heb het beloofd.'

'Kom eerst thuis. Kom hier. Ik weet dat ik in de kerstvakantie vaak heb overgewerkt, maar kom alsjeblieft toch naar huis. Dan ga je wat later naar Lost. Het is goed om bij elkaar te zijn, gewoon wij drietjes.'

'Dat zou ik fijn vinden, echt waar, mam, maar ik moet nu echt naar Lost. Mag ik nog steeds bij de Hendersons logeren?'

'Ja, maar...'

'Ik moet naar huis-huis, mam. Het spijt me.'

'Ik heb nooit geweten wie van jullie tweeën het koppigst was. Lynda vertelde dat er volgende week een herdenkingsdienst wordt gehouden. En Joe heeft in Kyra's kamer een handgeschreven brief aan jou gevonden. Hij heeft er een foto van gemaakt en me die gemaild. Het leek hem belangrijk voor je. Ik zal je zijn mail doorsturen.'

'Bedankt.'

'Schat, ik weet zeker dat iedereen het zal begrijpen als je niet komt.'

'Ik ga. Ik wil erheen. Ik moet erheen.'

Kyra heeft me nodig.

Brief van Kyra aan Corey

NIET VERSTUURD

Het is de langste nacht en er brandt een groot vreugdevuur op het plein. Wij dachten vroeger dat iedereen op deze wereld gelukkiger zou zijn als we vaker feest vierden, weet je nog? Ik weet eigenlijk niet of dat waar is. Ik weet niet of ik gelukkiger ben.

Vanochtend heeft iemand prachtframbozen en de bloemen voor me neergelegd. Dat gebeurt tegenwoordig vaak. Geen idee waar het fruit en de bloemen vandaan komen. Jan verkoopt ze niet in zijn winkel. Toch zijn ze er.

Hoe gaat het met jou buiten de grenzen van de

eindeloze tijd? Hoe vind je de lessen op St. James? Ben je net zo gelukkig als ik dacht?

Ik hoop het. Ik weet dat je niet weg wilde, maar ik ben blij dat je bent ontkomen. Ik wil zelf ook heel graag weg, ik sta te trappelen. Ik doe heel erg mijn best om op je te wachten. Maar dat valt niet mee, Cor. Lost is leger zonder jou. En ik ben eenzamer. Zonder jou ben ik minder, en Lost wil meer. Ik kan me niet herinneren wanneer ik voor het laatst heb geslapen. Wanneer ik voor het laatst heb gelachen. De nacht is niet donker genoeg. De sterren waar jij zo van houdt fluisteren nog steeds hun geheimen, maar soms heb ik het gevoel dat ik te veel weet. Iedereen in dit dorp wil antwoorden, en ik ben de enige met vragen.

Ik mis je.

Ik mis de donkere nachten.

Ik mis de dageraad.

Ik mis jou.

En het spijt me.

Kyra

EEN LAND VAN GOUD EN EENZAAMHEID

Het is stil op de steriele luchthaven. Zo vroeg op de ochtend, voor het aanbreken van een nieuwe dag met weinig zonlicht, zijn de weinige passagiers even slaperig als ik. Ik ben al dertien uur onderweg. Vierenhalfduizend kilometer. Ik ga voor de hoge ramen op de grond zitten. Alaska ontwaakt, en ik kijk naar de vliegtuigen die over de banen taxiën.

In het raam zie ik een jong meisje weerspiegeld. Ze zit een eindje bij me vandaan op een stoel, en haar kleurige groene jurk vormt een sterk contrast met het donker buiten en het grijs van de terminal. Ik schat haar niet ouder dan acht of negen, jonger nog dan mijn broertje, en toch is ze zo te zien alleen. De passagier die links van haar zit leunt met zijn hoofd tegen zijn rugzak, maar hij gaat telkens verzitten, alsof hij rusteloos slaapt. Een ouder echtpaar leest de krant van gisteren. En het meisje maakt oogcontact.

Ze houdt een bosje bloemen vast. Ik weet wat het zijn. De bloemblaadjes zijn helderroze, en die trekt ze één voor één los.

Hier groeien geen prachtframbozen, niet op een luchthaven aan de rand van een stad. Het zijn geen bloemen die je bij een bloemist kunt kopen, en ze bloeien al helemaal niet in januari. Het meisje heeft bloemen in haar hand die er niet kunnen zijn. Van deze afstand zou het ook onmogelijk moeten zijn om te horen wat ze zegt, en toch hoor ik het, zo duidelijk alsof ze naast me staat.

Endless day, endless night, come to set your heart alight. Eindeloze dag, eindeloze nacht, gekomen om je hart in vuur en vlam te zetten.

Ritmisch plukt ze de blaadjes van de bloemen.

Aan het eind van het liedje glimlacht ze.

Mijn hart hapert even. Ik krabbel overeind en draai me om, zodat ik beter naar haar kan kijken. Maar de wachtruimte is bijna helemaal verlaten. Ik zie de backpacker. Het oudere echtpaar. Een jong echtpaar met een tweeling. Het meisje is nergens te bekennen, alsof ze alleen als weerspiegeling in de ruit heeft bestaan.

Maar de vloer ligt bezaaid met bloemblaadjes, en haar stem golft nog steeds om me heen, zingt het liedje dat ik voor het eerst van Kyra heb gehoord.

Endless night, endless day, come to steal your soul away. Eindeloze nacht, eindeloze dag, gekomen om je ziel te stelen.

Voor het vijfde en laatste stuk van mijn reis word ik pas echt wakker. Ik heb last van een combinatie van rusteloosheid en heimwee, drink koffie en verbeeld me dat het licht begint te worden. Ik stap over op een klein watervliegtuigje dat me naar het noordwesten zal brengen, naar Lost Creek, waar ik vijf dagen blijf logeren, totdat een ander vliegtuig me terug kan brengen naar Fairbanks. Ik prop mijn rugzak op de stoel naast me, en maak in de stoel achter de piloot mijn riem vast. Ik knik naar hem, en vanaf het moment dat we opstijgen, heb ik mijn voorhoofd tegen het raampje gedrukt.

De lichten van Fairbanks International Airport knipperen in de diepte. In het oosten gloeit het gelige, elektrische licht van de stad onder een deken van wolken. Aan het begin van het jaar heeft Fairbanks minder dan vier uur zonlicht per dag, en Lost Creek nóg minder.

Kyra genoot er altijd van om naar Fairbanks te gaan. Ze kreeg het benauwd in Lost. Ze wilde reizen. Ze wilde studeren en ontdekken. Mij trok de stad nooit; te groot en te anoniem. Het leven is er zachter, de winters zijn er minder meedogenloos, maar thuis in Lost pasten de mensen op elkaar. In onze hechte gemeenschap, omringd door eindeloze kilometers leegte, hadden we elkaar en de donkerblauwe schemering. In Lost voelde ik me veilig.

Zelfs nu voel ik me meer op mijn gemak op St. James, een kleine kostschool in Dauphin, Manitoba, dan in het grote huis in Winnipeg dat mijn moeder heeft gekocht. Het staat in een nette, welvarende wijk. Dat vond ze belangrijk, hoewel de meeste mensen zich toch nooit buiten hun tuin wagen. Niet dat mijn moeder daar iets van merkt, want meestal maakt ze lange dagen in het kinderziekenhuis. Op school hoor ik tenminste ergens bij, ik heb vriendinnen, teamgenoten. We wonen nu dan wel in Canada, maar mijn hart is achtergebleven in Lost.

Het vliegtuig helt opzij, en Fairbanks verdwijnt achter ons uit het zicht. We vliegen naar een buitenaardse plek, waar gewone regels niet gelden. De naaldbomen dragen een harnas van sneeuw. De lucht trilt van de kou. Lost Creek is desolaat, de winters zijn wreed en lijken eindeloos lang, en we zijn trots op onze wilskracht De reis naar Lost is een turbulente expeditie door sneeuw en herinneringen, en het refrein van die vreselijke woorden. *Endless night, endless day, come to steal your soul away.*

Tegen de tijd dat Lost in zicht komt, ben ik zowel uitgeput als bang. De tijd vliegt, net als wij, en ik ben er nog niet aan toe. Ik ben er nog niet aan toe om te aanvaarden dat Kyra me niet opwacht – ik betwijfel of ik het ooit onder ogen zal kunnen zien. Ik weet niet wat erger is, de haast pijnlijke heimwee, of de slopende onzekerheid over wat me te wachten staat, het niet-begrijpen van wat er met mijn beste vriendin is gebeurd.

Ik druk mijn nagels diep in mijn handpalmen en kijk naar het landschap terwijl we ons voorbereiden op de landing. Links zie ik het kampeerterrein waar een handjevol toeristen de zomer doorbrengt om te vissen in het meer en op beren te jagen in het bos. In de winter zijn de blokhutten verlaten en verborgen onder een dikke laag sneeuw.

Rechts liggen de oude mijnen. Volgens de geruchten zit er nog steeds goud in de grond – of misschien zware metalen – maar de goed bereikbare delfstoffen zijn tientallen jaren geleden al uitgeput. Het zou duur zijn om dieper te graven, en de exploitatie van zo'n kleine mijn is te kostbaar. Misschien zijn er onder de heuvels nog rijkdommen te vinden, maar daar hebben de bewoners van Lost Creek niets aan. Onze gemeenschap is sterk en onafhankelijk, en de goudkoorts behoort tot het verleden.

Onze gemeenschap. Lost Creek, gesticht in 1898 aan het eind van de goldrush, met tweehonderdzevenenveertig inwoners.

Mijn adem stokt. Tweehonderdzesenveertig.

Lost Creek, gebouwd aan de gelijknamige rivier, weerstaat de elementen. Ons kleine dorp heeft een politiebureau, een gecombineerde lagere en middelbare school, een dokterspraktijk waar mijn moeder vaak werkte, een tamelijk goedgevulde supermarkt, een bakker, één café/pub, een postkantoor annex bezoekerscentrum en een verlaten kuuroord met warmwaterbronnen vlak buiten het dorp. Het kuuroord is een kleurig stipje aan de grauwe horizon. De eerste keer dat Kyra en ik er kwamen, waanden we ons in het hoofdkwartier van een superheld.

Met een klap raakt het landingsgestel de grond, en door de schok snijdt de riem in mijn heup. Hobbelend komen we tot stilstand. Alleen deze start- en landingsbaan en één enkele weg door het binnenland verbinden Lost Creek met de beschaving. Deze twee verbindingen met de buitenwereld waren voor ons genoeg, meer hadden we niet nodig. Binnen het dorp waren we veilig. We namen het voor elkaar op. Wij, de inwoners van Lost, tegen de rest van de wereld.

Wij allemaal.

Allemaal op één na. Wij allemaal behalve Kyra, die zich niet thuis voelde in Lost. Jagen of kamperen? Ze vond er niets aan. Net als haar grootvader had Kyra een passie voor verhalen. Ze verzamelde de mythen en legenden van het dorp, en ze was altijd nieuwsgierig naar meer. Maar Lost is een dorp dat zwelgt in geheimen, en Kyra legde die geheimen bloot.

STERREN EN VERHALEN

TWEE JAAR EERDER

Laat je meevoeren op het ritme, dat is de beste manier om je in Lost aan te passen. Dat deed ik wanneer ik niet met Kyra samen was. Ik maakte mijn huiswerk, ik deed wat er van me werd verwacht. Ik gaf de volwassenen geen grote mond. Ik paste op Luke als mijn moeder er niet was. Ik hoefde niet eens de deur uit om de sterren aan de hemel te observeren.

'Het zou genoeg moeten zijn,' zei ik tegen Kyra, toen ik om middernacht haar kamer binnenglipte.

Ze zat aan haar bureau, gewikkeld in een deken, met een stuk of zes opengeslagen boeken voor zich. Haar knieën had ze opgetrokken tot aan haar kin, haar bril zat op het puntje van haar neus. Ze had op me gewacht. Ik had niet anders verwacht. Het was precies drie jaar geleden dat mijn vader weg was gegaan, en afgezien van telefoontjes en kaarten op onze verjaardagen hadden we nooit meer iets van hem gehoord. Ik haatte die dag. Ik wilde niet alleen zijn.

Kyra klapte een voor een de boeken dicht. ‘Wat zou genoeg moeten zijn?’

‘Dit allemaal. Ik heb jou en Luke en mijn moeder. De sterren en een thuis. Ik wil dat rusteloze gevoel niet. Ik wil hem niet missen. Dit zou genoeg moeten zijn.’

‘Hoezo?’

Ik haalde mijn schouders op.

Ze ging op haar bed zitten en sloeg de deken voor me open. ‘Je mag best boos zijn. Je bent gekwetst, dat mag ook. Bovendien vind ik het onzin dat je met “genoeg” tevreden zou moeten zijn. Wat is genoeg? Wie bepaalt dat?’

Ik kroop tegen haar aan. Ik had ijskoude handen, maar ze duwde me niet weg. Ze trok de deken nog verder omhoog.

‘Ik, denk ik,’ zei ik. ‘Of Lost?’

‘Hopelijk is dat niet hetzelfde,’ plaagde ze. ‘Waar droom je van?’ En toen, na een korte stilte: ‘Waar zou je van dromen als Lost geen rol speelde?’

Ze had gelijk. Het wás niet hetzelfde. Als Lost geen rol speelde, zou ik astronomie gaan studeren aan de universiteit. Ik zou in een observatorium in Fairbanks gaan werken, misschien om het noorderlicht te observeren.

Samen met Kyra was ik overmoediger. ‘Ik zou in Chili gaan werken in de Giant Magellan Telescope om de evolutie van de sterrenstelsels te bestuderen,’ antwoordde ik. De GMT zou het grootste optische observatorium van de wereld worden, tien keer sterker dan de Hubble Space Telescope. ‘Of in de E-ELT om op basis van de roodverschuiving de uitdijing van het heelal te onderzoeken.’

Ik keek van opzij naar Kyra, die niet-begrijpend knipperde. ‘Ik weet niet eens wat die woorden op zichzelf betekenen, laat staan gecombineerd.’

Ik giechelde en begon te lachen. Ik had geen idee hoe Kyra het deed, maar ze wist mijn rusteloosheid bij de donkere energie van mijn vaders afwezigheid vandaan te halen en als een telescoop in te zoomen op de exoplaneten van de mogelijkheden.

'Ik kom je opzoeken in Chili,' zei Kyra. 'En dan sleep ik je mee naar Antarctica. Ik ben benieuwd hoe de andere kant van de wereld eruitziet. We gaan samen naar het zuiderlicht kijken. Ik zal je er verhalen over vertellen.' Een glimlach speelde om haar lippen. 'Stel nou dat alles daar op z'n kop staat?'

Ik fronste mijn wenkbrauwen. 'Zo gaat het niet in de wetenschap.'

Ze grijnsde.

Ik porde haar zacht in haar arm. 'Wat ga je tot die tijd doen?'

'Reizen, als het kan. De cultuur van de vertelkunst in het noordpoolgebied uitdiepen.' Ze gebaarde naar een van de boeken op haar bureau. 'Ik wil geen verhalen verzamelen en claimen, zoals mijn opa. We moeten de inheemse culturen respecteren. Maar ik wil wel begrijpen hoe onze verhalen tot stand zijn gekomen. Ze mogen niet tegelijk met het ijs wegsmelten, dat zou zonde zijn.'

'Denk je dat je het aankunt?' In stilte vroeg ik me af of Kyra weg zou kunnen komen uit Lost. Zou ze haar dromen kunnen realiseren? Zou ze zich er goed genoeg voor voelen?

Ze kromp in elkaar alsof ik haar een klap had gegeven. 'Ja. Ik verzin er wel iets op, hoe dan ook.'

'Dan moeten we voor ons allebei een goede opleiding zien te vinden,' opperde ik.

Kyra legde haar hoofd op het kussen. 'We gaan verder weg dan ooit iemand uit Lost is geweest. Avonturiers, op zoek naar verhalen en sterren.'

'Maar we komen wel altijd weer thuis, toch?' zei ik.

Ze keek me aan. 'Misschien. Of misschien verdwaal ik wel op het ijs.'

ONVOORSPELBAAR

ANDERHALF JAAR EERDER

Kyra viel op. Ze hoorde er niet bij.

Ze is gek. Die woorden volgden haar altijd en overal. In de conservatieve witte wereld van Lost was het een doodzonde om op te vallen. Als ze naar school ging, schoven de andere kinderen in onze klas hun tafels bij de onze vandaan. Ze nodigden mij na school uit om warme chocolademelk te gaan drinken, haar nooit. Ze stalen haar boeken. Ze gooiden haar huiswerk – en soms de opstellen die ze over verhalen vertellen schreef – in White Wolf Lake.

Ze liet zich niet kennen. Ze wilde niet dat ik boos werd op de anderen. En ze liet niemand behalve mij zien hoeveel pijn hun wreedheid deed.

Ze is gek. Niet goed snik. Krankzinnig. Getikt. Een freak.

Vooral dat laatste woord beviel de inwoners van Lost Creek enorm. *Freak.* Het zweefde om haar heen, het werd hatelijk uitgesproken, angstig gefluisterd.

En de angst was het ergst. Mensen die haar hadden gekend sinds ze een baby was, die haar hadden zien opgroeien, praatten veel te vaak over haar alsof ze een bedreiging vormde. En dat deden ze niet eens subtiel.

Ze wilden van haar af.

'Joe, ik heb gehoord over een goede psychiatrische instelling in Fairbanks. Voor je dochter is het misschien beter als ze daarheen gaat,' opperde meneer Lucas.

'Begin je nou alweer?' antwoordde meneer Henderson steevast. 'Nee.'

'Bekijk het eens vanuit mijn gezichtspunt. Kyra gaat naar dezelfde school als mijn dochters.'

'Ja, al sinds ze peuters waren.'

'Maar nu is ze gediagnosticéérd. Stel nou dat er iets gebeurt? Stel nou dat...'

'Wat kan er in hemelsnaam gebeuren?'

'Stel dat ze psycho... dat ze een manische aanval krijgt?'

'In zo'n periode gaat ze altijd schilderen. Denk je soms dat jouw dochters gevaar lopen door Kyra's artistieke talent?'

Maar dat bedoelde meneer Lucas natuurlijk niet. Dat bedoelde niemand. Ze maakten zich geen zorgen over de creatieve manier waarop Kyra stoom afblies, ze maakten zich zorgen over haar escapades. Als ze een manische periode had, was ze niet te houden. Ze zwierf dagenlang rond door het bos. Ze sloop een keer naar de rivier en gooide de vangst van de vissers terug in het water. Een andere keer waagde ze zich in de gesloten mijn, en hadden onze ouders er een dag en bijna een hele nacht voor nodig gehad om haar te vinden.

De mensen in Lost maakten zich zorgen omdat ze haar hadden zien verdwijnen. Ze waren ervan overtuigd dat ze op een dag iemand mee zou slepen, en samen zou verdwalen. Dat ze zouden verdwijnen in de gevaarlijke wildernis die Lost omringde. Maar dat zou nooit gebeuren. In haar manische periodes wilde Kyra met niemand iets te maken hebben. Zelfs niet met mij.

Vandaar dat haar vader de opmerkingen van de bewoners altijd opzettelijk verkeerd uitlegde. Uit respect voor hem en zijn positie als eigenaar van de mijn gaven ze uiteindelijk toe dat ze natuurlijk alleen maar bezorgd waren over Kyra's gezondheid.

Elke keer dat Kyra dit soort gesprekken opving, keek ze met tranen in haar ogen naar mij. De eerste keer dat het gebeurde probeerde ik uit te leggen dat de mensen bang waren, maar dat vond ze onzin. We zaten voor het raam van haar kamer, zij gespannen en haar wangen roze van frustratie. De tweede keer liep ze weg. Hoe vaak het daarna nog gebeurde, weet ik niet, maar dit keer was ze nog niet weggevlucht. 'Ik ben niet genoeg, hè?' vroeg ze me.

'Wat is genoeg? Wie bepaalt dat?' Ik hoopte dat het zou helpen om haar eigen woorden te herhalen.

'Een paar eeuwen geleden zouden ze me een heks hebben genoemd.' Ze greep zich vast aan de vensterbank alsof ze wilde voorkomen dat ze weg zou lopen, weg bij ons allemaal, weg van de hele toestand. 'Ze zouden me op de brandstapel hebben gezet.'

'Dat had ik niet laten gebeuren.'

'Vind je dat ik moet gaan? Dat ik naar die kliniek in Fairbanks moet gaan?'

'Alleen als je dat zelf wilt. Alleen als je denkt dat het helpt. Maar niet omdat de rest van dit dorp is vergeten wie je werkelijk bent. Als dat de enige reden zou zijn, heb ik liever dat je hier blijft, bij mij.'

'Ik wil me graag beter voelen. Ik wil de episodes onder controle krijgen.' Haar schouders zakten omlaag. 'Ik wou dat ik me hier thuis voelde, net als jij en Luke.'

Ik bleef haar heel lang aankijken. Het licht van de ondergaande zon gaf haar gezicht een oranje gloed, waardoor haar haar een rossige glans kreeg en haar lichtbruine ogen wel haast groen leken. Ik hield van Lost, het was de enige plaats waar ik me ooit thuis had gevoeld, maar ik vond het vreselijk dat mijn vriendin door iedereen werd uitgekotst nadat er drie jaar daarvoor een bipolaire persoonlijkheidsstoornis bij haar was vastgesteld. Het was alsof de mensen van de ene op de andere dag hadden bepaald dat ze niet langer het meisje was dat ze kenden, maar een bedreiging. 'Ik wil ook dat jij je beter gaat voelen. Ik wil ook dat jij je hier thuis voelt.'

'Waarom is iedereen bang voor me?'

'Omdat je onvoorspelbaar bent.' *Net als lentestormen en ontoegankelijke mijnen.* 'In Lost houden ze niet van onvoorspelbaar.'

VREEMDEN, VERRADERS, GEESTEN

Ik doe de deur open en spring uit het vliegtuigje zodra we op de smalle baan zijn geland. Ik voel de klap in mijn knieën en richt me in de ijzige kou weer op. Ik had verwacht dat meneer Henderson me op zou wachten in zijn 4x4, of anders misschien sheriff Flynn. In plaats daarvan zie ik een eenzame figuur afgetekend tegen de opkomende zon. Met het licht achter haar kan ik alleen haar silhouet zien – een slungelige figuur met lang haar dat danst in de wind. Aarzelend steekt ze een hand omhoog.

Mijn hart springt op. *Kyra.* Zonder erbij na te denken loop ik naar haar toe, haar naam op het puntje van mijn tong.

Ik kom dichterbij. Haar neus is kleiner. Haar haar lichter.

De kreet van herkenning blijft steken in mijn keel.

Piper Morden.

Niet Kyra.

Ik was het vergeten. Kón ik het maar vergeten.

Achter me stapt de piloot uit. Hij pakt mijn rugzak en geeft me die aan. 'Je terugvlucht is geboekt. Zorg dat je op tijd bent. Tot over vijf dagen.'

Zo kort, maar het moet genoeg zijn. 'Doe ik. Bedankt.'

De man aarzelt, zegt dan: 'Wees voorzichtig in Lost Creek. Er gebeuren soms vreemde dingen.'

Ik weet het, had ik kunnen zeggen. *We zijn gewoon vreemde mensen.* Maar hij geeft me niet de kans om te antwoorden, draait zich met militaire precisie om en marcheert terug naar het toestel. Ik loop naar Piper, die grijnst. De meeste mensen begrijpen onze hechte gemeenschap niet, onze manier van leven. We krijgen vaker dit soort rare opmerkingen.

Piper slaat haar armen om me heen. Dat heeft ze nooit eerder gedaan, maar het voelt goed. Ze is sterk en vertrouwd. Ze ruikt naar winter en thuis. 'Hé, stadsmeisje.'

'Hi.'

'Hoe was je vlucht?'

'Prima. Rustig. Vroeg.' *Vreemd.*

'Ik geloof je graag.' Haar glimlach vervaagt. 'Meneer H heeft een bespreking, dus vroeg hij mij om je op te halen. We zijn blij dat je er bent. Kyra zou het fijn hebben gevonden.'

Dat is nieuw voor me. De afgelopen jaren heeft Piper zich nooit met Kyra's gevoelens beziggehouden, en ik vind het absurd dat ze ermee begint nu Kyra dood is.

Ik hang mijn rugzak over mijn schouders, en probeer te bedenken hoe ik mijn vraag moet verwoorden zonder beschuldigend te klinken. 'Wat kan ik verwachten, Piper? Ik weet dat Kyra niet bepaald… geliefd was.'

Piper verstijft alsof ik haar een klap heb gegeven, strijkt dan een lok haar uit haar gezicht. 'Denk je nou echt dat wij zo kil zijn dat we geen verdriet hebben?'

'Nee, maar…'

'Er zijn dingen veranderd sinds jij weg bent.'

'In Lost Creek verandert nooit iets,' zeg ik uit gewoonte. Het verstrijken van de tijd is hier alleen af te lezen aan het ouder worden van de kinderen. Elke verjaardag is het begin van een nieuw jaar. De volwassenen lijken nooit ouder te worden, en de oude mensen tellen de jaren niet eens meer.

Pipers mondhoeken gaan omhoog, en haar gezicht vertrekt tot een harde grimas. 'Laat maar. Je merkt het vanzelf.'

'Wat merk ik vanzelf?' vraag ik, maar Piper heeft zich al omgedraaid.

'We zijn er voor elkaar. Dat hoor je te weten.'

Ik draaf achter haar aan. Jammer dat ik mijn snowboots niet aan heb gedaan; gympen zijn prima om te reizen, maar ze zijn niet geschikt voor een kilometers lange wandeling door de sneeuw. De kou is bijtend.

In elk geval schijnt de zon. Als Piper en ik weglopen bij de landingsstrook, in de richting van Lost, piept er fel licht boven de horizon uit. Een gevoel van ontroering verdrijft mijn zenuwen, en het rommelen van mijn maag komt tot rust. Ik haal diep adem. Dit is thuis. De prikkelende geur van ijs in de lucht. De sneeuw die de permafrost bedekt, knerpt onder onze voeten.

Tussen de glooiende heuvels en naaldbossen ligt het plaatsje Lost Creek. Ons eigen kleine universum. Van een afstand ziet het er piepklein uit, eerder als een verzameling poppenhuizen dan een plek waar mensen wonen.

Maar het is mijn thuis.

Welkom thuis.

Piper gaat me voor alsof ik de weg niet weet. We lopen over de enige weg naar Main Street, een van de in totaal vijf straten die Lost Creek telt. Het is ook de drukste straat.

Er zijn altijd mensen in Main Street, elke dag van de week. Zelfs hartje winter is dit de plek om roddels uit te wisselen; hier worden de kruidenier en de apotheek bevoorraad en keren vissers terug van hun kampen langs de rivier met hun vangst.

Maar vandaag niet.

De winkel is dicht. De straat is verlaten. Alleen aan de goed onderhouden huizen kun je zien dat er mensen wonen. Er is pas geschilderd, waardoor het dorp er nieuwer uitziet dan ooit. Toen ik wegging, waren de huizen verweerd en uitgewoond, permanent gevlekt door sneeuw en modder. Nu staan ze er piekfijn bij. De muur van het oude postkantoor heeft kleur gekregen, al kan ik vanuit deze hoek niet zien wat de muurschildering voorstelt. Het is alsof Lost alle vlekken en scheuren heeft weggewerkt nu Kyra er niet meer is.

'Wat is hier gebeurd?' vraag ik.

'Hoop,' zegt Piper zacht. Eerbiedig raakt ze een lint aan dat om een hek is geknoopt. 'En herdenken.'

Ik trek mijn wenkbrauwen op. 'Wat betekent dat?'

Piper geeft geen antwoord, en nu zie ik pas dat er overal linten hangen, vastgeknoopt om elke vlaggenmast en elke deurknop. Roze en zwarte linten – Kyra's lievelingskleur en de kleur van rouw. Het is alsof Lost zijn verdriet wil laten zien. Maar we rouwden nooit in het openbaar, behalve tijdens uitvaartdiensten. Toen Kyra's opa overleed, herdacht het dorp hem met een sombere dienst. Terwijl hij wél geliefd was.

Het moest toeval zijn.

'Hoor eens, het spijt me als ik daarnet beschuldigend klonk,' zeg ik. 'Ik probeer gewoon te begrijpen wat er met Kyra is gebeurd.'

Piper schudt haar hoofd. Ze kijkt zoekend om zich heen. Ik heb geen idee wat ze zoekt, maar ik kijk heimelijk over mijn eigen schouder. We zijn nog net zo alleen als toen we het dorp binnenkwamen. De straat is leeg, en het zonlicht is hier niet zo fel. De schaduwen zijn langer en donkerder.

'Je komt er vanzelf achter,' zegt Piper. 'Op een dag begrijp je het.'

Een windvlaag blaast fluisterend tussen de huizen door.

Vreemdeling.

Verrader.

Buitenstaander.

De woorden volgen dezelfde melodie als die van het meisje op de luchthaven, zacht en onbereikbaar. Ik draai me met een ruk om, maar er is niemand.

Ik trek de banden van mijn rugzak strakker en doe mijn best om Piper bij te houden. Ze loopt in een stevig tempo en lijkt geen last te hebben van de wind. Of misschien hoort ze het niet.

Bij de zijstraat waar ik vroeger woonde blijf ik staan. Piper pakt mijn hand beet en trekt me mee, de andere kant op.

'Ik heb mevrouw Henderson beloofd dat ik je meteen mee zou nemen naar haar huis. Ga straks maar even kijken.' Haar stem is neutraal.

We lopen door een zijstraat naar een groot, negentiende-eeuws herenhuis aan de oever van de rivier. Dit is het grootste perceel in Lost, afgezien van het kuuroord buiten het dorp. De overgrootvader van meneer Henderson was de eerste pionier die goud vond – en zijn grootvader was de laatste. Door de jaren heen heeft de familie Henderson door middel van investeringen een klein industrieel imperium opgebouwd. Hoewel het meneer Henderson niet is gelukt om de mijn te heropenen, past het huis nog steeds bij zijn status.

Buitenstaanders vinden het huis misschien indrukwekkend, maar Kyra woonde er, dus wij zagen dat niet. En nu is het in de rouw. Ik laat mijn rugzak vallen en sta met open mond te staren.

Zwarte linten hangen aan het hek en de vlaggenmast. Aan weerszijden van de oprit liggen bloemetjes in de sneeuw. De felroze bloemen van de prachtframboos – dezelfde bloemen die het meisje op de luchthaven in haar hand hield. De bloemen die Kyra vroeger rondstrooide in het dorp.

Ik knipper met mijn ogen. Nee, het is geen bloesem, het zijn bloemen gemaakt van roze linten, in dezelfde kleur als de linten in Main Street. Ze doen me denken aan Kyra's schilderijen uit haar manische periodes – deze zijn niet echt, maar dat maakt de herinnering niet minder pijnlijk.

Misschien, heel misschien, is het leven hier nog steeds een beetje onvoorspelbaar.

'Hij had gelijk.' Piper zegt het heel zacht, en haar woorden dringen niet meteen tot me door.

'Wie had gelijk?'

'De piloot. Er gebeuren soms vreemde dingen. Ik zie je bij de dienst, of misschien daarvoor al. Kom naar me toe als je met vragen zit.' Ze draait zich om naar Main Street.

'Piper?'

Ze blijft staan. 'Ja?'

Mijn maag begint weer te rommelen. *Wacht. Laat me niet alleen. Ik kan het nog helemaal niet aan dat Kyra er niet meer is. Laat me nog even vasthouden aan vroeger.*

Ik aarzel. 'Doe Tobias de groeten van Luke.'

Nu glimlacht Piper weer, maar ik weet dat de glimlach niet voor mij is bedoeld. 'Doe ik.'

Hoewel Piper en ik het goed met elkaar konden vinden, zijn we nooit zo hecht bevriend geweest als onze broers. Wanneer mijn moeder langere tijd in Fairbanks en de omringende steden moest zijn om patiënten te bezoeken, logeerde ik vaak bij Kyra, en Luke bij Tobias. Luke was kwaad geworden toen hij hoorde dat ik met Kyra had afgesproken om naar Lost te komen. Zonder hem.

Voordat Kyra...

Ze wist dat ik zou komen. Waarom heeft ze niet op me gewacht?

Brief van Kyra aan Corey

Verstuurd, niet beantwoord

Kun je op je nieuwe school de sterren zien? Ik kan me gewoon niet voorstellen dat de lucht daar even helder is als in Lost. Laten we in de buurt van de warmwaterbronnen gaan kamperen als je hier bent. Wij tweetjes en een kampvuur en het noorderlicht. We kunnen een brug bouwen. Een brug tussen jou en mij. Ik mis je, Corey.

INGELIJSTE MOMENTEN

Ik duw het hek open, dat piept in de kou, en aarzel als ik naar het trapje naar de voordeur kijk.

Op dat trapje zat Kyra vroeger altijd op haar vader te wachten als hij thuiskwam van een zakenreis. En op mij, die zeldzame keren dat mijn moeder, Luke en ik op bezoek waren geweest bij mijn oom in Nome. Ze zat op een traptree met een boek of een blocnote, die ze liet vallen zodra ze ons zag. Dan rende ze naar het hek om ons te begroeten.

Ik wil dat Kyra nu naar me toe komt rennen om me onstuimig te omhelzen en zowat omver te lopen. Maar dat gebeurt niet. Ze is er niet…

Ik ben bij Kyra's huis, en Kyra is er niet. Ik ben thuis, en zij niet. Verdriet dendert als een lawine over me heen.

De deur gaat open. Mevrouw Henderson stapt naar buiten op de veranda en vouwt haar handen. In haar zwarte jurk lijkt ze zo wit als een doek. Ze heeft een opgejaagde, verwilderde blik in haar ogen.

Ik storm op haar af, en ze trekt me tegen zich aan. Als ze zich van me losmaakt, legt ze haar handen op mijn armen en bekijkt me aandachtig. 'Kijk nou toch eens, je bent gegroeid. We hebben je gemist. Joe moest weg voor zaken, maar hij komt zo thuis. Kom, het is koud vandaag, en je zult wel trek hebben.'

Ze doet een stap opzij om me binnen te laten. 'Je kunt in de logeerkamer slapen, als je wilt. Kyra's kamer zit op slot. Die willen we graag intact houden.'

'Dat begrijp ik,' zeg ik. 'Fijn dat ik bij u mag logeren.'

Ze blijft praten. Kyra praatte ook altijd non-stop als ze van streek was. 'Als je liever ergens anders wilt logeren, kunnen we dat vast wel regelen. De Mordens hebben een logeerkamer. En ik weet zeker dat je ook welkom bent bij mevrouw Robinson.'

'Doe alstublieft geen moeite. Dit is prima.'

Het is een leugen. Het is helemaal niet prima. Ik wil zo hard mogelijk wegrennen, maar blijf staan in de hal. Het is stil in het huis. Het voelt verkeerd. Ik zet mijn rugzak onder de kapstok en doe mijn jas uit. Mevrouw Henderson is al doorgelopen naar de woonkamer, maar ik blijf treuzelen in de hal.

Er hing hier nooit iets aan de muren, geen foto's, niets, wat ik altijd heel raar vond, want bij ons thuis was dat heel anders. Maar nu hangen overal foto's van Kyra. Ik sla mijn armen om mijn middel en bekijk ze stuk voor stuk. Foto's van haar als klein meisje, van haar als tiener. Foto's van haar terwijl ze een houtskooltekening maakt, terwijl ze in de warmwaterbronnen zwemt, verkleed rondrent. Ik herinner me al die momenten.

Ik herinner me die momenten, want ik was erbij. Ik was híer.

Maar ik sta op niet één van de foto's. Het zijn allemaal foto's van Kyra. Een foto trekt mijn aandacht. Een jonge Kyra in een veel te groot visserspak. Genomen in de lente dat we allebei tien werden en een opdracht moesten doen voor school: we moesten iemand schaduwen bij zijn of haar werk. Het leek Kyra leuk om te gaan vissen. We leenden de uitrusting van het bezoekerscentrum en gingen met Pipers vader naar de oever van het meer. Na vijf minuten had Kyra al door dat ze het dodelijk saai vond om te wachten tot er een vis zou bijten, maar ik vond het geweldig, dus bleef ze. Zij ving een vis die groot genoeg was om er met een heel gezin van te eten, en ze was zo trots dat ze poseerde met haar vangst. Toch is het niet die foto die hier aan de muur hangt. Dit is de foto van ons tweeën, waarop we naast elkaar zitten met onze armen om elkaars schouders.

Alleen ben ik nergens te bekennen. De glimlachende Kyra is alleen.

Heeft mevrouw Henderson mij eraf geknipt? Of klopt mijn herinnering gewoon niet?

Ik doe een stap dichterbij en steek een hand uit naar de lijst, als ik achter me een afkeurend geluid hoor. Ik draai me om, maar er is niemand in de gang.

Ik loop door naar de woonkamer en zie dat die ook op ontelbare kleine manieren is veranderd. Er staat een nieuwe bank. Een lamp is verplaatst naar een tafel aan de andere kant van de kamer. Het meest opvallend zijn de boeketten, een stuk of zes, allemaal met een condoleancekaart. Kyra had een pesthekel aan treuren. Toen haar opa dood was, liep ze halverwege de uitvaart weg, en ze sleepte mij mee. Ze wilde niet om hem rouwen, ze wilde hem met liefde herdenken. Lost dacht daar heel anders over: het moest een traditionele, sombere dienst zijn.

Mevrouw Henderson komt de keuken uit met een schaal

vol met haar speciale zuurdesemmuffins. Ze ruiken naar suiker en troost, en doen me sterk denken aan alle keren dat Kyra en ik versgebakken koekjes en lepels glazuur gapten uit de keuken. Mijn handen tintelen als ik terugdenk aan de speelse tik met de spatel die Kyra's moeder ons dan op onze knokkels gaf. Opeens prikken mijn ogen, en ik kan een snik niet onderdrukken.

Mevrouw H zet de schaal op de salontafel en slaat haar armen om me heen. 'O, Corey...'

'Ik vind het zo erg,' fluister ik. 'Ik wou dat ik eerder was gekomen.' Ik kan niet verwoorden wat ik werkelijk wil zeggen. Dat ik Kyra in de steek heb gelaten. Dat ik haar brieven had moeten beantwoorden. Dat haar dood vanwege mijn afwezigheid en stilzwijgen gedeeltelijk mijn schuld is. 'Ik had er voor haar moeten zijn.'

'Dat was niet jouw beslissing, liefje,' zegt ze als we op de bank gaan zitten. 'Ik weet zeker dat Kyra het begreep. Ze was de laatste tijd gelukkig, dat moet je van me aannemen.'

'Hoe kan ze nou gelukkig zijn geweest?' Dat zeg je over iemand die op hoge leeftijd is overleden, die een eeuw heeft geleefd. Niet over een meisje van zeventien wier lichaam drijvend onder het ijs is gevonden nadat ze zichzelf van het leven heeft beroofd. Ze klónk niet gelukkig.

Mevrouw Henderson glimlacht broos. 'Ze was eindelijk thuis. Ik wou dat je had kunnen zien hoezeer ze de laatste paar maanden was veranderd. Ze had haar draai gevonden.'

Ik knipper met mijn ogen. 'O ja?' *Dat heeft ze mij nooit geschreven. Ik kreeg de indruk dat ze het nog steeds moeilijk had. Heb ik dat verkeerd begrepen? Wat vertelde ze allemaal niet?* 'O, dus de behandeling in Fairbanks had geholpen?'

'Nee, daar is ze nooit geweest. We vonden het beter voor haar dat ze bij ons bleef.'

Rowanne, Kyra's therapeut, reisde van de ene stad naar de andere om patiënten te behandelen, net zoals mijn moeder als fysiotherapeut. 'Ik dacht dat Rowanne juist had aange...'

'Kort nadat jullie waren verhuisd, gaf Rowanne er de brui aan. Ze wilde niet meer komen,' valt mevrouw H fel uit. Haar lippen worden dun en haar ogen schieten vonken. Ik schuif een eindje bij haar vandaan. 'Ze heeft Kyra laten barsten.'

Ik schrik ervan. 'Maar... waarom? Had u een andere therapeut gevonden? Betere medicijnen?'

Ze kijkt me aan alsof ik plotseling twee hoofden heb gekregen of een andere taal spreek. 'Corey, nadat jij was verhuisd, besefte Kyra eindelijk dat onze gemeenschap van haar hield, dat ze hier thuishoorde. Dat maakte haar gelukkig. Je kunt het zien in haar werk van de laatste tijd. Lost motiveerde haar. Haar hart en haar geest kwamen tot leven.'

Ik kan mijn oren niet geloven. 'Lost Creek heeft haar nooit aanvaard zoals ze was.'

Nu verzuurt haar glimlach en sluit ze zich af, net als Piper daarnet. 'Het dorp heeft haar in de armen gesloten.'

Daar had Kyra altijd naar verlangd: geborgenheid. 'Ik dacht dat ze altijd een buitenbeentje zou blijven,' zeg ik uiterst behoedzaam.

'Toch niet, Corey. Je was er niet bij.'

Ik pak een van de twee koppen thee van tafel en vouw mijn handen eromheen. 'Waarom is ze dan uit het leven gestapt? Als ze zo gelukkig was, waarom heeft ze dan niet op me gewacht? Ze wist dat ik zou komen.'

'Geen enkele ster kan eeuwig branden, Corey. Je bent altijd

goed geweest in natuurkunde, dus dat weet je. Het was voor Kyra tijd om los te laten,' zegt ze met bijna religieuze eerbied. Dan knikt ze naar iets achter me. 'Is het niet mooi?'

Ik draai mijn hoofd en zie een schilderij dat achter de bank op de vloer staat. Om het doek heen staan boeketten en kaarsen met linten. Het bloed gonst in mijn oren. Het theekopje valt uit mijn handen.

Ik zie direct dat het een werk van Kyra is. Het schilderij is zo gedetailleerd dat het net een foto lijkt. Een cirkel van bloesems is uitgespreid over sneeuw en ijs, alsof ze echt zijn en op het doek geplakt zijn.

De oppervlakte van het ijs weerspiegelt het sterrenbeeld Orion. De helderrode ster Betelgeuze, bijna een supernova, geeft het hele doek glans. Het ijs glanst.

Het lichaam eronder glanst.

Kyra heeft zichzelf geschilderd, drijvend onder het doorschijnende ijs. Haar bruine haar waaiert uit rond haar hoofd, en haar lichtbruine ogen zijn wijd geopend. Ze glimlacht, zelfs terwijl ze wegzakt in de zwarte, peilloze diepte van het meer.

Ik ben sprakeloos.

VERLIES

Met een geforceerde glimlach helpt mevrouw H me om de gemorste thee op te ruimen. Ze wil niets zeggen over het schilderij, behalve dat het zo mooi is. En ik weet niet hoe ik haar moet vragen wanneer Kyra het heeft gemaakt, hoelang ze al wist wat er zou komen, en waarom het niet bij de Hendersons is opgekomen om hun dochter naar de bedoeling ervan te vragen. Het klopt gewoon niet. Hoe kan mevrouw Henderson zo weemoedig naar dit doek kijken, hoe kan ze het over kleur en schaduw hebben, terwijl ik het juist wil afdekken en het nooit meer wil zien?

In plaats daarvan richt ik mijn aandacht op Kyra's moeder. Vroeger vond ik het timbre van haar stem altijd zo rustgevend. Kyra en ik brachten uren met haar door in haar keuken of in de bakkerij, luisterend naar haar roddels terwijl ze werkte. Maar nu schuurt haar stem. Ik wil niet weten dat de vangst dit jaar zo slecht is, of dat Anna Halwood weg is bij haar man en is vertrokken met het postvliegtuig. Het interesseert me zelfs niet dat meneer H mogelijkheden ziet om de mijn te heropenen, en hoe hoopvol het de vroegere mijnwerkers en hun gezinnen stemt. Ik wil gewoon weten wat er met mijn beste vriendin is gebeurd.

Haar spraakwaterval wordt onderbroken als meneer H thuiskomt, samen met een man die ik niet ken. Kyra was net zo slungelachtig als haar vader en had dezelfde intelligente ogen, maar nu is hij bleek en grijs. Hij trekt me in zijn armen. De geur van zijn aftershave is zo vertrouwd dat het voelt alsof ik nooit ben weggeweest.

'Gecondoleerd, meneer.' Mijn stem hapert. 'Ik wou dat ik er was geweest.'

'Kyra zou het fijn hebben gevonden dat je er nu bent.'

'Wat is er gebeurd?' flap ik eruit.

'Ik heb mijn dochter verloren.' Hij ademt uit. 'Haar tijd was gekomen.'

Hij zegt het met veel verdriet in zijn stem, als een voldongen feit. Ik weet dat ik er niet nog een keer over kan beginnen, al heb ik nog zoveel vragen. Hij had altijd alleen voor Kyra zachte woorden, verder voor niets en niemand anders. Ik vraag me af wat hij er nu mee gaat doen.

Ik kijk naar de man die achter hem staat, een man van middelbare leeftijd met een bruine huidskleur. Hij draagt een duur pak, alsof hij onderweg was naar de grote stad en per ongeluk in Lost verzeild is geraakt. De zakenpartners van meneer H wagen zich zelden in deze contreien. Nu hij zelf niet weg kan om zijn zaken te behartigen, komen de zaken kennelijk naar hem.

'Jij moet de vriendin van Kyra zijn,' zegt de man. Zijn woorden zijn weloverwogen, maar vriendelijk. 'Mijn naam is Sarin.'

‘Corey. Corey Johnson.’

‘Gecondoleerd met het verlies van je vriendin, Corey. Het is diep tragisch dat iemand al zo jong overlijdt, vooral een meisje dat zo geliefd en gerespecteerd was.’

Bij mijn weten had niemand Kyra ooit gerespecteerd. Niemand had oog gehad voor haar creatieve talent, niemand had oog gehad voor haar. Maar dat zeg ik niet tegen hem. Rauwe emotie maakt de herinneringen te pijnlijk, de waarheid te hard. ‘Ze had nog een heel leven voor zich.’

‘De dood is een dief,’ zegt meneer Sarin na een korte stilte. Zijn uitdrukking is bezorgd en betrokken. ‘De dood glipt ons leven binnen en steelt wat ons het dierbaarst is. We breken, en zelfs als we het verdriet verwerken, blijft de pijn. Mijn zoon kent dat gevoel, en ik ook, maar...’ Hij aarzelt. ‘Toch geloof ik dat de dood ruimte laat voor hoop. Jij was heel erg belangrijk voor Kyra. Misschien kun je geloven dat ze nog steeds om Lost Creek geeft. Dat ze nog steeds om jou geeft.’

‘Dat weet ik,’ fluister ik. Want ik ben er nu, ik heb mijn belofte gehouden om terug te komen naar Lost, naar haar. En wat er ook allemaal is veranderd, diep vanbinnen geloof ik nog steeds dat Kyra ergens op me wacht.

HEILIGEN EN ZUURDESEM

ANDERHALF JAAR EERDER

Als het aan de inwoners van Lost had gelegen, zouden ze zijn vergeten dat Kyra bestond. Vergeten waren de herinneringen aan het meisje van vroeger, voordat ze in haar vroege tienerjaren grillig gedrag was gaan vertonen. Het meisje dat lachte als er een grapje werd gemaakt, dat zich keurig gedroeg – allemaal zoals het hoorde. Niet het meisje dat nachtenlang door het dorp zwierf, niet het meisje dat een bedreiging vormde omdat ze geheimen doorbriefde aan een buitenstaander – al was die buitenstaander haar therapeute.

En als Kyra's manische periodes wegebden en de depressie toesloeg, wanneer ze zich opsloot op haar kamer en alleen maar sliep, ging Lost gewoon door alsof er niets was gebeurd. Het enige verschil was dat ik in die periodes weer mee mocht doen, omdat ik niet werd besmet door haar aanwezigheid. In die periodes had ik ook andere vrienden.

Dat heb ik Kyra nooit verteld, en zij heeft er nooit naar gevraagd.

Op een krankzinnig koude dag in de lente, nadat het ijs was gebroken, kwam de hele school bij elkaar in Claja, het kleine café aan de rand van Lost. Rusteloze energie gonsde om me heen. 's Avonds was het de ontmoetingsplaats van de vissers en de arbeiders. Overdag was het de hang-out van de middelbare scholieren. Iedereen ging er na school heen, we zaten er te kletsen en te roddelen, speelden spelletjes en dronken warme chocolademelk.

Het was niet de bedoeling dat ik er zou zijn. Kyra en ik hadden afgesproken om naar het oude kuuroord te gaan en daar ons huiswerk te maken, maar ze was al weg voordat de lessen waren afgelopen. Toen ik langsging bij haar huis wilde ze me niet zien – ze wilde niemand zien, en omdat ik niets beters te doen had, ging ik net als de anderen naar het café, de 'normale' gang van zaken.

Er was alleen nog een stoel vrij aan het tafeltje van Piper en Sam Flynn, de zoon van de sheriff. Zij waren altijd aardig voor me, op school en erna. Ze wenkten me.

Voor zover ik wist, hadden ze sinds de diagnose nooit meer een woord tegen Kyra gezegd. Het was bizar hoe onzichtbaar je kon zijn in Lost Creek, zelfs als je dat niet wilde. Maar ik wist uit ervaring dat ze allemaal heel graag óver Kyra wilden praten. De juiste behandeling. Horrorverhalen over mensen die 'braken' en gewelddadig werden. Er werd soms gezegd dat ze toneel speelde om aandacht te krijgen, maar dat zou niets hebben veranderd.

Piper hield zich meestal afzijdig, maar die dag verklaarde ook zij dat Kyra een buitenstaander was.

'Doe niet zo idioot,' snauwde ik. 'Haar familie woont al generaties lang in Lost Creek. Ze is hier geboren en getogen. Ze is geen buitenstaander.'

Piper haalde haar schouders op. 'Volgens haar stamboom misschien niet, maar je kunt niet ontkennen dat ze een freak is. Ze hoort er niet bij.'

'Ze hoort we wél bij,' vuurde ik terug. Ik voelde dat ik rood werd.

'Nu niet meer.'

Nu niet meer. Niet meer sinds Kyra's episodes waren begonnen. Niet meer sinds de diagnose. Wat hadden die paar woorden een enorme impact. Ik schudde mijn hoofd. 'Nee. Ze is nog steeds dezelfde Kyra, en als je dat niet kunt accepteren, zegt dat meer over jou dan over haar.'

Het liefst zou ik naar een ander tafeltje zijn gegaan, maar er was nergens plaats. Na een lange stilte schoof Piper een schaal met chocolate chip cookies uit de bakkerij van Kyra's moeder naar me toe. 'Het spijt me. Dat meen ik. Het lijkt me heel lastig om haar vriendin te zijn.'

Dat had ik eerder gehoord. Wel duizend keer. Duizend keer te vaak.

Sam, die aan de andere kant van de tafel zat, trok een gezicht en keek weg. Hij zei weinig en glimlachte nooit, maar hij was ook nooit opzettelijk gemeen.

Ik was kwaad; boosheid golfde door mijn binnenste, van mijn buik tot aan mijn vingertoppen. Ik was het zó zat. Ik was het zat dat ze haar voor gek verklaarden. Ik was het zat om onze vriendschap te verdedigen. Ik keek uit het raam. De dik ingepakte mensen op straat waren wazig door de sneeuwvlokken. 'Het is niet lastiger om Kyra's vriendin te zijn dan de jouwe, of van wie dan ook.'

‘In mijn ogen ben je een heilige dat je het met haar uithoudt.’ Ze glimlachte en schoof de schaal verder naar me toe. Ze wilde niet dat ik beledigd zou zijn. En ik was een lafaard, want ik vertelde haar niet hoeveel pijn haar woorden deden. In plaats daarvan nam ik een koekje, als een zoenoffer, maar ik gaf niet toe.

‘Ze hoort erbij, Piper. We hebben dezelfde winters meegemaakt. Ze hoort bij ons. En dat zal altijd zo blijven.’

EEN DICHTE DEUR

Meneer H en meneer Sarin drinken een kop thee met een muffin erbij. Daarna neemt meneer H me mee naar het tuinhuis dat een eindje bij het huis vandaan staat. De blokhut is bijna net zo oud als het huis zelf. Door de jaren heen had het huisje allerlei bestemmingen gehad. Oorspronkelijk lag er hout opgeslagen, en daarna was het volgens mij een garage geweest. Toen Kyra's opa niet langer op zichzelf kon wonen in zijn appartementje aan Main Street, had meneer H het tot woonruimte laten verbouwen: twee kamers met een keukentje en een badkamer. Kyra's opa had er de laatste jaren van zijn leven gewoond, en daarna had Kyra het opgeëist. Ze wilde meer ruimte voor haar boeken, tijdschriften, stripalbums en schetsboeken, een atelier waar ze in haar manische periodes kon schilderen, wanneer ze rusteloos was en haar creativiteit kwijt moest. Het werd een heiligdom voor ons tweeën.

Hier voelden we ons meer thuis dan bij onze ouders.

Als meneer H de deur openmaakt, zie ik bloesems van de prachtframboos op de vensterbank. Kyra had erover verteld in haar laatste brief, maar dit is het enige detail dat klopt met wat ze over het dorp schreef en wat iedereen zegt.

Binnen, in de kamer die vroeger Kyra's atelier was en daarvoor de bibliotheek van haar opa, zet ik mijn rugzak neer. Nu is de ruimte zo steriel als een nieuw schooluniform. Alles wat Kyra gebruikte om te schilderen – verf, penselen, canvas – is weggehaald. De kamer is helemaal kaal, op het oude bureau en een logeerbed na.

De deur van haar slaapkamer is nog net zoals ik me die herinner: schetsen van superhelden tegen een achtergrond van felle kleuren. De afbeeldingen veranderden vaak, afhankelijk van de serie die ze op dat moment het leukst vond. Vorige zomer, de avond voordat we verhuisden, had ze de *Congress of Worlds* over een schets van de *Young Avengers* heen geschilderd. Thor staat vooraan in het midden, en haar ogen volgen me.

Ik loop naar de deur en ga met een vinger over de contouren van de afbeelding. Ik plaagde Kyra altijd met haar fascinatie voor strips, maar daar trok ze zich niets van aan.

'De mens heeft eeuwenlang kunst en getekende figuren gebruikt om verhalen te vertellen,' zei ze een keer tegen me. 'Het leven zou veel leuker zijn als we meer helden en bedriegers en verhalenvertellers hadden.'

'Ik heb liever sterren dan helden,' zei ik tegen haar.

Ze lachte. 'Daarom hebben we sterrenbeelden. We vinden onze helden en verhalen terug in de sterren.'

Nu zal ik haar nooit meer horen lachen. En dat doet pijn. Het doet pijn.

‘We laten de deur dicht,’ zegt haar vader. ‘In elk geval totdat we hebben besloten wat we met haar kamer gaan doen.’

Dan gaat hij weg. Ik ben blij dat ik alleen ben en tegelijkertijd wil ik niet alleen zijn. Er gaat een koude rilling door me heen.

In de piepkleine badkamer neem ik een douche om warm te worden en op te frissen van de reis. Onder de warme straal probeer ik tevergeefs de donkere kringen onder mijn ogen weg te wrijven. Verdriet hangt als een lijkwade om me heen.

Terwijl ik een coltrui aantrek, kraakt er een vloerplank in Kyra’s kamer, en ik snik-lach om het humeur van dit oude huisje.

Kyra’s slaapkamer was net zo goed de mijne als de hare. Hoewel ik maar een paar straten verderop woonde, hoewel deze kleine hut kreunde en kraakte, logeerde ik altijd bij haar. We hadden er alles. We beleefden er onze avonturen, we konden ongezien wegglippen. We hadden privacy. Vrijheid.

Het zou geen graftombe moeten zijn.

Maar zolang de deur naar Kyra’s kamer op slot zit, zijn al onze herinneringen veilig. Zolang de deur dicht is, kan ik mezelf wijsmaken dat het een doodgewone winterochtend is, dat ik al voor de schemering ben opgestaan en dat Kyra tot twaalf uur slaapt. Ik kan hier zitten en naar de deur staren, wachten tot ze wakker wordt.

Misschien voelen haar ouders dat ook zo. Zolang de deur dicht blijft, is er ruimte voor hun verbeelding.

Ik schud mijn hoofd en pak mijn jas. Kyra zou tegen me zeggen dat ik iets moest gaan doen, naar buiten gaan, verhalen mee terug moest nemen uit het dorp. Herdenk me, zou ze tegen me zeggen, maar rouw niet om me.

Na een moment van besluiteloosheid stop ik mijn telefoon in

mijn zak. Het bereik in Lost is onbetrouwbaar, maar ik heb in mijn nieuwe wereld een paar slechte gewoontes opgepikt.

Voorzichtig doe ik de deur open en ik aarzel voordat ik naar buiten ga. Een zacht geneurie dringt tot me door. Kyra's lied. Weer vang ik het gefluister op, zo zacht dat ik niet weet of ik het echt hoor of mijn onderbewustzijn me verwijten maakt.

Deserteur.

Je hebt haar in de steek gelaten.

Je hebt haar nooit gekend.

Buitenstaander.

Verrader.

Je bent nooit haar vriendin geweest.

Dan wordt het stil.

Ik overtuig mezelf ervan dat het allemaal in mijn hoofd zit.

HET EENZAME MEER

Ik ga nog even naar het huis om mijn paspoort in bewaring te geven. Het is eerder een gewoonte dan noodzaak. Er komt weinig misdaad voor in Lost, maar ik laat mijn paspoort toch liever niet rondslingeren. Mevrouw H pakt het van me aan en stuurt me weg. Ze is aan het bakken. Ze bakt uit verdriet, legt ze uit, en ik zou haar alleen maar voor de voeten lopen.

Ik zou op zoek kunnen gaan naar Sam, of misschien naar Tobias. Ik zou een praatje kunnen gaan maken met mevrouw Morden van het postkantoor, verhalen over Kyra met haar kunnen uitwisselen. Maar mijn voeten sturen me over het smalle pad naar de rand van het dorp. Ik blijf lopen totdat ik net ten zuiden van Lost de stroom bereik die naar White Wolf Lake voert.

Ik stop de zoom van mijn broek in mijn laarzen en begin te rennen. Het ritme van mijn stappen kalmeert me. Kyra en ik deden vaak hardloopwedstrijdjes langs de stroom.

De wind speelt met de poedersneeuw, die in vlagen over het ijs scheert. Aan weerszijden van het diepe, donkere meer strekken naaldbossen zich uit naar de met sneeuw bekroonde bergen.

Als ik bij het ijs ben, kom ik slippend tot stilstand. Vroeger zou ik juist sneller zijn gaan lopen en met een grote sprong op het glazige oppervlak zijn geland. Met gebogen knieën om vaart te maken zou ik door zijn gegleden, ik zou mijn armen wijd hebben gespreid en ik zou de tranen op mijn wangen hebben laten bevriezen.

Nu zie ik het meer als een poel van duisternis, als een poel des doods.

Ik ga op mijn knieën zitten en leg mijn handen op het ijs. *Kyra…*

Het ijs is bijna zo glad als een spiegel, met maar een heel dun laagje sneeuw. Het waait hier zo hard dat de sneeuw niet blijft liggen. Ik zie kleine barsten, maar de enige zwakke plekken maken we zelf, met een boor of een bijl, een wak om te kunnen vissen.

Ik aarzel. Je kunt niet per ongeluk door het ijs zakken. De enige manier om eronder te komen, is doelbewust.

Ik loop langs de oever van het meer naar de steiger en hijs mezelf erop. In de winter liepen Kyra en ik vaak van de ene kant van het meer naar de andere. Vandaag ben ik de enige. Ik zou de enige persoon op aarde kunnen zijn, zo stil is het hier.

Ik kan niet geloven dat ze hier dood is gegaan. Ik wíl niet geloven dat ze hier dood is gegaan.

Wanneer Kyra in een diepe depressie werd gezogen, zei ze vaak tegen me dat ze wilde dat alles gewoon op zou houden. Dat ze er niet meer wilde zijn, dat ze wilde ophouden te bestaan. Dat zou de enige verlossing zijn uit die intense somberheid. Ze had nooit de gelegenheid mogen krijgen om de daad bij het woord te voegen. Hoewel ze een hekel had aan de pillen die ze moest slikken, voelde ze zich dankzij de medicatie oneindig veel beter. Kyra's ouders en Rowanne hadden op haar moeten passen. Ik zou haar hebben gesteund als ik het had geweten. Als ik de wanhoop in haar brieven had gelezen.

Als ik haar brieven had beantwoord.

Ik zou...

Achter me kraakt de steiger onder voetstappen, maar als ik me omdraai, is er niemand.

Ik ben alleen – en mijn eigen gezelschap is me te veel.

Als ik me terugdraai naar het meer waait de sneeuw weg en wordt het ijs doorzichtig als glas. Eronder drijven roze bloemen. En mijn adem stokt bij de gedachte aan Kyra's levenloze, bevroren lichaam.

Ik wás haar vriendin, en zij de mijne. We waren al beste vriendinnen voordat we uitprobeerden hoe het was om meer te zijn dan dat en ook daarna bleven we beste vriendinnen.

HERINNERINGEN AAN ONEINDIGHEID

ANDERHALF JAAR EERDER

Al mijn klasgenoten hadden weleens een crush, behalve ik. Ik begreep niets van alle opwinding erover, hoe vaak Kyra het ook probeerde uit te leggen. Ik zag de aantrekkingskracht van haar favoriete acteurs niet, of van de beroemdheden die zij hot vond. Ik kon me hun namen nauwelijks herinneren. Ik kreeg geen vlinders in mijn buik als ik een leuke jongen – of een leuk meisje – zag glimlachen.

De enige keer dat ik halsoverkop verliefd werd, was toen Eileen me op St. James meenam naar de voetbaltraining. Alleen werd ik verliefd op het spel, niet op de spelers.

Aan het eind van de zomer, toen de nachten langer werden en de temperatuur begon te dalen, zaten Kyra en ik op haar kamer. Ze lachte om een grapje dat ik maakte, maar afwezig. Ze staarde voor zich uit terwijl ze een lok haar vlocht.

'Mijn moeder zei dat mevrouw Robinson rabarbertaart heeft

gemaakt,' zei ze. 'Misschien moeten we morgen bij haar langsgaan. Aanbieden om de tuin winterklaar te maken. Hopen dat we een stukje krijgen.'

De tuin en de rabarbertaart van mevrouw Robinson waren legendarisch in Lost. Rabarber betekende het einde van de zomer, en het recept was ouder dan het dorp, net als mevrouw Robinson zelf. Die vrouw was even taai als de bomen. Ze was achtennegentig en had geen familie die voor haar kon zorgen. Toch knapte ze haar huis op en bleef ze tuinieren, al was dat alleen op de dagen dat haar artritis haar handen niet in een pijnlijke greep hield.

Op de andere dagen zorgde Lost voor haar tuin.

Mevrouw Robinson was blij ons te zien. Ze genoot van Kyra's gezelschap, in tegenstelling tot de meeste andere dorpelingen. Ze zei dat Kyra de ziel had van een verhalenverteller en de handen van een tuinierster, en dat Kyra haar land beter begreep dan wie ook.

Eerder die week hadden Piper en Sam al in haar enorme tuin gewerkt om uitgebloeide planten weg te halen, maar de rekken en het latwerk voor de rozen en andere klimplanten moesten nog weggehaald worden.

We waren een paar uur bezig. We haalden de rekken uit elkaar en borgen die zorgvuldig op in een gammel schuurtje dat lang niet zo liefdevol werd onderhouden als de tuin. Terwijl Kyra en ik aan het werk waren, raakten onze handen elkaar. Vaker, dacht ik, dan normaal.

Op aanwijzingen van mevrouw Robinson gebruikten we hooivorken om een dikke laag hooi als een ruwe gele deken uit te spreiden over de diverse bedden. Tegen de tijd dat we klaar waren, praatten we nog maar weinig met elkaar; we waren buiten adem van het zware werk en mijn armen voelden als lood. Net toen ik dacht dat ik mijn armen echt nooit meer zou kunnen optillen, begon Kyra te lachen. Ze spreidde haar armen en liet zich achterover vallen op het hooi, dat eigenlijk niet dik genoeg was om haar val te breken. Ze nam een spriet en kauwde erop terwijl ze met glinsterende ogen naar mij keek. Ik kwam naast haar liggen, voorzichtiger dan zij.

Ze rolde zich op haar zij, met haar haren vol hooi. 'In de lente bloeien hier weer bloemen. En rozen in de zomer. Is het niet onvoorstelbaar?'

Ik herinnerde me de tuin van dit jaar, en die van het jaar ervoor. Ik wilde liever niet aan het volgende jaar denken, want dan begon ik aan mijn laatste schooljaar en moest ik een beslissing nemen over mijn vervolgstudie. Maar Kyra's vingers jeukten. Ze bekeek de verschillende bloembedden alsof ze zich nu al voorstelde hoe de tuin er straks uit zou zien. Ze genoot ervan om mogelijkheden te verkennen.

Misschien dat ik me daardoor mooi voelde toen ze naar me glimlachte. De zon voelde warmer. Het hooi kriebelde tegen mijn rug, en de kriebeling kroop omlaag langs mijn ruggengraat, helemaal naar mijn onderbuik.

Ik richtte me half op, steunend op een elleboog, en in een opwelling verstrengelde ik mijn vingers met de hare.

Ze zoog op haar onderlip, en er verscheen een vraag in haar ogen.

Ik boog me naar haar toe.

Zij boog zich naar mij toe.

Ik wist niet wat ik deed. Ik had nog nooit iemand gezoend, was nog nooit gezoend, en ik keek altijd weg als ik andere mensen zag kussen. Maar op dat moment wilde ik nog hechter met haar verbonden zijn dan door de liefde en vriendschap die we al deelden. Ik drukte mijn lippen tegen de hare en wachtte af.

Ze reageerde niet meteen, glimlachte toen tegen mijn lippen. Haar mond ging open en ze kwam nog dichterbij, aarzelend en voorzichtig. Teder. Nieuwsgierig. Verkennend.

De kus smaakte naar hooi en aarde en zout en de prikkeling van de naderende herfst. Het was geen vuurwerk, zoals een van de meisjes op school beweerde. Misschien was het wel totaal vanzelfsprekend.

Maar niet voor mij.

Ik maakte me los. En zij kromp in elkaar.

Fragment uit een brief van Kyra aan Corey

Verstuurd, onbeantwoord

Heeft St. James legenden en mythen? Geheime genootschappen die elke maand in de kapel bij elkaar komen? Geesten die door de slaapzalen spoken?

Lost heeft sinds jij weg bent nieuwe legenden gecreëerd.

Het is zo menselijk. We vertellen verhalen over dingen die we niet begrijpen. Ik heb me nooit afgevraagd hoe het zou zijn om zelf het onderwerp van een verhaal te zijn. Ik wil mythen bestuderen, niet er zelf een hoofdrol in spelen.

IN HET GEZELSCHAP VAN ANDEREN

Ik slenter terug naar de Hendersons als de schemering overgaat in het donker. Mevrouw H is aan het koken, meneer H en sheriff Flynn zijn in de werkkamer met elkaar in bespreking. Meneer Sarin is terug naar zijn gehuurde appartement aan de andere kant van het dorp om te eten met zijn zoon. Ook een vreemde.

Ik nestel me op de bank in de woonkamer, met een sportboek dat ik heb meegenomen in mijn handen. Ik kan me niet op de woorden concentreren. Ik probeer mijn ogen te sluiten voor de ingelijste foto's en Kyra's schilderij, maar mijn blik wordt er telkens naar toe getrokken.

Als meneer H en de sheriff terugkomen naar de woonkamer, nog steeds met elkaar in gesprek, is het helemaal gedaan met mijn concentratie en laat ik mijn nieuwsgierigheid de vrije loop. Meneer H had het nooit over zaken waar Kyra bij was. Hij was vaak op reis, en de zeldzame keren dat hij thuis was, wilde hij zich niet met zaken bezighouden. Maar dat is niet langer relevant.

En dit gesprek gaat niet zomaar over zaken, maar over een toekomst voor Lost.

'... een financiële injectie in de mijnindustrie zorgt voor banen in de omgeving en een boost voor de plaatselijke economie,' zegt meneer H.

De sheriff knikt. 'Als we ons op de juiste projecten richten, kan Sarins geld helpen om Lost weer tot leven te wekken.'

Hoe meer ik van het gesprek opvang, hoe groter mijn belangstelling.

Kennelijk is de streek nog steeds rijk aan grondstoffen – niet aan goud, maar aan metalen. Wolfram. Bismut. Het zijn allebei zeldzame en waardevolle metalen, en niemand heeft ooit geprobeerd om ze hier te winnen. Het mijnbouwbedrijf van meneer H heeft er niet de onderzoekers of de ervaring voor, maar kennelijk kan de komst van meneer Sarin daar verandering in brengen. Het hervatten van de mijnbouw zou een nieuwe en vaste bron van inkomsten betekenen, plus een toestroom van personeel en diensten. Het zou goed zijn voor de plaatselijke economie. Het leven in Lost is niet onmogelijk, maar makkelijk is het ook niet. Met de heropening van de mijn, zou er een belangrijke nieuwe financiële impuls worden gegeven aan het dorp .

Maar toch. Kyra zei altijd dat je niet alleen naar de opbrengst van de mijnbouw moest kijken, maar ook naar de nadelen. Mijnbouw is schadelijk voor het milieu, voor de omgeving van Lost. De inheemse bevolking en hun cultuur wordt erdoor aangetast. Hield meneer H daar wel rekening mee? 'En de risico's voor het milieu?'

Die zes woorden van mij hakken erin. Ze draaien zich allebei naar me om, en hun gesprek stokt.

'De plannen zijn nog in een vroeg stadium,' zegt meneer H alleen, waarna hij zich abrupt verontschuldigt en wegloopt naar de keuken.

Ik leg mijn boek op de bank. 'Sheriff?'

'Joe zegt het goed, we zitten in de beginfase. Natuurlijk houden we rekening met de belangen van deze gemeenschap.' Sheriff Flynn zegt het toonloos. Hij gaat op de leuning van een stoel zitten en rolt zijn schouders naar achteren. Zijn handen zijn tot vuisten gebald. 'Hoe dan ook, het is goed om je te zien, Corey. Hoe gaat het met je moeder?'

Ik ben beduusd omdat hij zo plotseling van onderwerp verandert. 'Goed. Ze vindt haar werk in het ziekenhuis erg leuk.'

De rimpels in zijn voorhoofd trekken gedeeltelijk weg. Mijn moeder en hij zijn samen opgegroeid, en ze zijn altijd goed bevriend gebleven. 'Werkt ze nog steeds te hard?'

'Mijn moeder weet niet wat het betekent om rustig aan te doen.' Mijn ene mondhoek krult omhoog. 'Maar ze heeft in elk geval niet meer van die idiote reistijden.'

Hij schudt zijn hoofd. 'Ze hield het niet uit in het dorp. Ik was verbaasd dat ze na haar studie terugkwam. Ik heb altijd geweten dat ze niet zou blijven.'

Ik had me weleens afgevraagd wat Kyra en ik na onze studie zouden gaan doen. Voordat mijn moeder een baan aangeboden kreeg in Winnipeg had ik weleens gefantaseerd over een toekomst in Fairbanks of zelfs in Chili, maar ik had nooit serieus overwogen om voorgoed te vertrekken. En voor zover ik wist, was mijn moeder ook altijd van plan geweest om in Lost te blijven. Zelfs toen mijn vader de benen had genomen. Maar Kyra... 'Ik dacht altijd dat Kyra ook weg zou gaan.'

Onmiddellijk krijgt zijn gezicht weer een harde uitdrukking. 'Kyra hoorde hier thuis.'

Het is niet waar. Ik kijk naar het schilderij. Ik kan het met haar ouders niet over haar dood hebben, en diep in mijn hart kan ik nog steeds niet geloven dat ze er echt niet meer is. Sterker nog, ik wíl gewoon niet geloven dat ze een einde aan haar leven heeft gemaakt. 'Sheriff, ik wilde u vragen...'

'Vraag het maar niet,' valt hij me kortaf in de rede.

'Ik wil zo graag begrijpen wat er is gebeurd.'

Hij laat zijn stem dalen zodat de Hendersons hem niet kunnen verstaan. 'Ze is verdronken, Corey. Toen haar vader ontdekte dat ze niet op haar kamer was, is hij haar gaan zoeken en heeft hij haar lichaam onder het ijs gevonden. Dat is het hele verhaal. Je moet je neus niet in andermans zaken steken, zo heeft je moeder je niet opgevoed.'

Ik mompel iets over wat mijn moeder zou denken als ze hier was. 'Het meer is bevroren. Het ijs is centimeters dik. U weet net zo goed als ik...'

'Er zijn altijd zwakke plekken.' Zijn mond vertrekt tot een dunne streep. 'Lost is veranderd sinds jij weg bent. Maar jij bent ook veranderd. Als jij jezelf haar vriendin wilt blijven noemen, zul je respect moeten tonen voor onze gemeenschap. Dat zou Kyra hebben gewild. Wij respecteerden haar. We hebben met elkaar zingeving gevonden. We waren er voor haar.'

Wat hij niet zegt, is glashelder: *Wij waren er voor haar. En jij niet.*

Hij gaat staan en torent boven me uit. Toch komt het niet daardoor dat ik me klein voel. Het is de woede die hij uitstraalt.

Nadat mijn vader ons in de steek had gelaten, kwam de sheriff regelmatig langs om te zien hoe het met mijn moeder, Luke en mij ging. Hij honkbalde met mijn broer en mij. Nu keert hij me de rug toe.

Ik weet niet wat ik moet zeggen, fluister alleen nog: 'Ik mis mijn beste vriendin, sheriff.'

Hij reageert niet op wat ik zeg, haalt zijn schouders op en gaat terug naar de werkkamer.

Tijdens het eten wordt de sfeer er niet beter op. Als we aan tafel gaan, stelt meneer H voor om een moment van stilte in acht te nemen om Kyra te herdenken, maar alleen zijn met mijn gedachten is wel het laatste wat ik wil.

Hoewel meneer H zegt dat hij tijdens het eten niet over zaken wil praten, doen de sheriff en hij dat toch, hun toon zo gedempt dat ik hun woorden bijna niet kan verstaan.

Ik heb geen trek en prik lusteloos in de groente op mijn bord. Ik probeer een gesprek te voeren met Kyra's moeder, maar van haar hartelijkheid is niets meer over. Ze wil geen antwoord geven op mijn vragen; elke vraag van mij verdraait ze tot een vraag van haar.

'Hoe is het Kyra uiteindelijk gelukt om haar draai te vinden?'

'Ze besefte dat ze zich niet moest blijven verzetten. Het valt niet mee om je eigen plekje te vinden als je zo jong bent. Jij moet de overgang ook moeilijk hebben gevonden. Je hoort hier niet meer thuis, maar je hoort ook nog niet thuis in je nieuwe woonplaats. Je moeder heeft me verteld dat je op een internaat zit. St. James, toch? Ze vertelde dat je voetbalt. Vind je dat leuk?'

Ik probeer het nog een keer. 'Maar wat is er nou precies gebeúrd?'

‘O, Corey, haar tijd was gekomen. Elk verhaal moet een keer afgelopen zijn, zonder een einde heeft een verhaal geen betekenis. Dat wist Kyra. Ze voorzag het. Ze voorzag veel.’ Ze vouwt haar handen en ademt langzaam uit, en haar blik dwaalt af naar het schilderij in de woonkamer. ‘Het is niet makkelijk om het te begrijpen, dat weet ik, maar we moeten ons erbij neerleggen.’

‘Wat bedoelt u? Als ze suïcidaal was, had ze hulp nodig.’

‘Nee.’ Ze schudt haar hoofd. Ze doet haar ogen dicht, en er glijdt een uitdrukking van rust over haar gezicht, niet van verdriet. ‘Jij gaat het heus ook begrijpen. Haar dood was onvermijdelijk.’

Ik bijt op mijn lip totdat ik bloed proef. Natuurlijk was Kyra’s dood niet onvermijdelijk! Hoe kunnen ze zich daar nou bij neerleggen?

Meneer H draait zich opzij naar zijn vrouw en legt een hand over haar gevouwen handen. Zijn brede schouders zakken omlaag. Opeens herinner ik me hoe geweldig Kyra het als kind vond om op de schouders van haar vader te zitten en de wereld vanuit de hoogte te bekijken.

‘Ze heeft gelijk, Corey,’ zegt hij. ‘Tegen de tijd dat we – ik – haar vonden, was het al te laat. We waren er niet op tijd bij. Maar we troosten ons met wat Kyra zou zeggen: dat aan elk verhaal een einde komt. Het is de dood die ons leven betekenis geeft.’

Telefoontje

'Hoe was je vlucht? Hoe is het om weer thuis te zijn?'

'Ik weet niet of ik me hier nog wel thuis voel, Eileen. Ik voel me een vreemde.'

'In welk opzicht?'

'Iedereen zegt het tegen me. Ze noemen me een "buitenstaander".'

'Corey? Gaat het wel goed met je?'

'Eileen, heb ik je weleens verteld dat jij de enige bent op St. James die van Kyra's bestaan weet?'

'Is dat zo? Hoezo?'

'Omdat ik het moeilijk vind om over haar

te praten. Ik had alleen bij jou het gevoel dat je het zou begrijpen. Jij oordeelt niet. Ze was altijd bij me. Mijn beste vriendin. Ik wilde niet dat mensen aan mijn verstand zouden twijfelen, zoals in Lost. Alleen heb ik er nu spijt van dat ik niet meer over haar heb gepraat. Al die verhalen.'

'O, Cor.'

'Van ons tweeën geloofde juist Kyra in betere tijden. Ik geloofde in natuurkunde en sterren, maar zij geloofde in verhalen. In verhalen kunnen gewone mensen bijzonder worden. Toen ze haar eerste manische episodes kreeg, ging ze er nog niet aan kapot. Ze haalde er juist creativiteit uit. We noemden het "heldendagen". Het waren onze mooiste momenten. En die zijn nu voorgoed voorbij.'

'In elk geval kun je afscheid nemen.'

'Ja...'

'Was je liever niet gegaan?'

'Nee, ik ben blij dat ik hier ben. Alleen... Ze zeggen dat ze gelukkig was. Dat "haar tijd was gekomen".'

'Wat betekent dat?'

'Ik weet het niet. Haar tijd was niet gekomen. Flauwekul. Maar iedereen noemt haar dood onvermijdelijk en legt zich erbij neer.'

'Het komt vaker voor dat mensen met een bipolaire stoornis suïcidaal zijn.'

'Als dat zo was, hadden ze haar dan niet

moeten helpen? Ze heeft me verteld dat ze eenzaam was. In haar laatste brieven klonk ze verdrietig, maar ze legde niet uit waarom. Ik heb geen seconde gedacht... Ik heb haar niet eens teruggeschreven. Ik werd zo in beslag genomen door het leven op school. Maar ze had beloofd om op me te wachten. Ze wachtte op me. Daar houd ik me aan vast.'

'Denk je dat haar dood een ongeluk kan zijn geweest?'

'White Wolf Lake is in de winter stijf bevroren. Er zijn bijna geen wakken of zwakke plekken. We zijn hier allebei opgegroeid. Kyra wist waar ze voor op moest passen. En ik...'

'Ja?'

'Niks. Laat maar.'

'Corey?'

'Zelfs in haar donkerste periodes was Kyra nieuwsgierig naar de wereld. Ze wilde leren en lezen. Ze was bang en eenzaam, maar ze leefde heel intens.'

'Zelfs mensen die van het leven houden kunnen depressief raken, Corey. Je weet niet wat er is gebeurd toen jij weg was.'

'Ik heb vier dagen om dat uit te vinden.'

'Wat zou je kunnen ontdekken?'

'Haar kant van het verhaal. Verhalen waren zo belangrijk voor haar. Ik moet het hare onthullen en in ere houden.'

VOORZIEN EN VOORSPELLEN

Na het eten loop ik terug naar het dorp. Ik ben iets minder verdrietig nu ik Eileen heb gesproken, maar ik heb frisse lucht nodig. Ik loop naar de andere kant van Lost, wat minder tijd kost dan het oversteken van de campus van mijn school. In Main Street blijf ik voor Claja staan.

’s Avonds is het café van de volwassenen, maar ik ga toch naar binnen. Misschien is er iemand die blij is me te zien.

De verlichting is gedempt, maar ik zie dat Piper aan de bar zit. Naast haar zit een jongen van onze leeftijd met zwart stekeltjeshaar en een donkere huid. Ik heb hem nooit eerder gezien.

Na een lichte aarzeling wenkt Piper me. De jongen kijkt om en ik lees herkenning in zijn ogen.

Ik loop langs een handvol tafeltjes. Ik kijk om me heen om te zien of Sam er is, maar er zijn geen andere jonge mensen. Meneer Lucas is er, de eigenaar. Jan van de winkel. De oude meneer

Wilde, een gepensioneerde mijnwerker. Hij heeft drie lege glazen voor zich staan, en is halverwege zijn vierde. Niemand begroet me, maar het geroezemoes verstomt.

Naast Piper en de jongen blijf ik staan. 'Hallo.'

'Jij moet Corey zijn. Kom erbij zitten.' Hij heeft een Engels accent. 'Ik ben Roshan.'

'Kennen we elkaar?'

'Ik heb het gevoel dat ik je ken. Ze had het vaak over je.' Zijn uitdrukking is ernstig, zijn glimlach behoedzaam.

Ik ga op de kruk naast hem zitten, en Piper bestelt warme chocolademelk voor me. 'Kende je Kyra?' vraag ik.

'We waren bevriend. Net als jullie.'

Er valt een last van mijn schouders en ik glimlach voorzichtig. 'Je bent de eerste die erkent dat ik haar vriendin was. Iedereen hier lijkt me als een indringer te beschouwen.'

Piper snuift, maar Roshan negeert haar. 'Zo zijn ze hier gewoon. Lost houdt niet van verandering, niet van mensen die weggaan,' zegt hij met een gebaar naar mij, 'en niet van mensen die komen.' Hij wijst met een duim op zichzelf. 'Geef ze de tijd. Ze wennen vanzelf weer aan je. Ze weten heus nog wel hoeveel Kyra voor jou betekende, en jij voor Kyra.'

Het is raar om een vreemde te horen praten over het dorp waar ik bijna mijn hele leven heb gewoond, maar ik ben blij met wat hij zegt. 'Ik blijf niet lang, een paar dagen maar. Ik ben hier om afscheid te nemen – en om te achterhalen wat er is gebeurd.'

Piper heeft nog niets gezegd, maar nu hapt ze toe. 'Achterhalen wat er is gebeurd? Ga je soms onderzoek doen?'

Ik haal mijn schouders op. 'Kyra en ik hadden een afspraak. We zouden altijd op elkaar wachten, altijd. We beschermden elkaar. Daar kon niets of niemand tussen komen.' *Alleen dat ik wegging. En elke brief waar ik niet op reageerde.* Ik sla mijn trillende handen om de beker chocolademelk. 'Niemand was aardig voor haar toen ze nog leefde, en nu vindt iedereen haar opeens geweldig.'

'Zo hoort het toch?' zegt Piper. 'Over de doden niets dan goeds?'

'Ze had recht op de waarheid, niet op hypocrisie.'

'Wat is de waarheid dan?' vraagt ze vriendelijk.

'Dat weet ik niet,' geef ik toe.

Piper zucht. 'Loop morgen maar eens rond door het dorp. Niet om onderzoek te doen, maar om te luisteren. Want we zijn veranderd, en de waarheid is dat het voor het eerst in lange tijd beter gaat met Lost. We hebben hoop.'

'Je kunt geen hoop hebben als je verdrietig bent,' zeg ik.

Roshan schudt zijn hoofd, en er glijdt een schaduw over zijn gezicht. Een vage herinnering. Dan gaat zijn ene mondhoek omhoog. 'Dat kan wél. Het een sluit het ander niet uit. Je kunt verdriet hebben en nog steeds hoop hebben. Net als je kunt rouwen en het leven vieren. '

'We rouwen niet,' merkt Piper sereen op. 'We vieren haar leven. Dat zou Kyra hebben gewild.'

Ik draai de beker rond in mijn handen om te voorkomen dat ik haar door elkaar rammel. 'Hoe kun jij nou weten wat Kyra zou hebben gewild? Had ze haar dood soms voorzíén?'

'Voorspeld,' verbetert Piper me. 'Kom.' Ze pakt mijn hand beet, trekt me van de kruk, en neemt me mee naar de achtermuur van het café. Een paar mensen die op een kluitje voor de bar staan maken ruimte om ons langs te laten. Als Piper het grote licht aandoet, stokt mijn adem. De hele muur is overdekt met Kyra's tekeningen, schilderingen en schetsen. Een plattegrond van de mijn. Het kuuroord, omringd door bloemen. Sam, die aan de rand van het dorp staat. Meneer Sarin en meneer Henderson die samen door Main lopen.

En in de verste hoek zie ik een kleurige voorstelling van deze avond. Drie jonge mensen, zittend aan de bar met een beker in hun hand. Piper. Roshan. En ik.

'Met haar kunstwerken liet ze ons de toekomst zien. En als je dat eenmaal begrijpt, zul je Kyra's waarheid vinden.'

GEFLUISTER IN DE NACHT

Die nacht protesteren de vloerplanken aan de andere kant van de muur. Kyra's kamer zit op slot. Maar ik herken haar manier van lopen.

Ik ga overeind zitten.

Mijn hart slaat over, stuitert tegen mijn ribbenkast. De kastdeur beweegt in een tochtvlaag, en opnieuw wervelt het geluid van gelach om me heen. Ik ben nu dichterbij.

Het komt uit Kyra's kamer.

Ik kruip weg in mijn hoodie en stap uit bed.

Buiten wakkert de wind aan en hagel klettert tegen de ruit. Ik overweeg het grote licht aan te doen, want het lampje op het nachtkastje schijnt alleen op het bed, maar ik wil de betovering niet verbreken.

Corey. De stem klinkt van heel ver weg, vervormd, alsof we op tegenoverliggende oevers van het donkere meer staan. De lucht is ijskoud.

Ik weet, ik wéét, dat Kyra tevoorschijn zal komen als de kastdeur opengaat. Ik hou mijn adem in en steek mijn hand uit.

Ik doe de deur open en staar in de duisternis. De achterkant van de kast is weg en vormt nu een opening naar Kyra's kamer.

Kou kruipt in mijn botten. Kyra was dol op horrorverhalen, maar ik niet. Geef mij maar goeie ouwe, rationele wetenschap. Als de wind om het huisje raast, slaak ik bijna een kreet van angst. Ik doe het licht aan voordat ik me kan bedenken.

Wetenschap kan niet verklaren waarom er een doorgang is naar Kyra's kamer. Waarom ik erdoor kruip. Als meneer H ontdekt dat ik in haar kamer ben geweest, spijkert hij de opening weer dicht. Dit is misschien mijn enige kans om binnen te komen.

De duisternis voelt beklemmend. De stilte is nog erger.

Ik haal de telefoon uit de zak van mijn hoodie en schakel de zaklamp in. Mijn hart bonst. De lichtbundel is zowel geruststellend als beangstigend. Ik ben niet voorbereid op wat ik te zien zal krijgen – of op wat er buiten de lichtbundel op de loer ligt.

Iemand lacht. Zacht en ver weg. Of misschien is het de wind.

Langzaam beweeg ik het licht van de ene muur naar de andere. Mijn hand trilt.

De muur links van me is overdekt met dezelfde tekeningen en schilderingen als de deur van Kyra's kamer. Superhelden en stripfiguren tussen panorama's van Alaska. Een andere muur is overdekt met gezichten. Portretten, sommige half af. Inkt en verf en potlood. Honderden ogen, en ze kijken allemaal naar mij.

Vroeger zaten we hier uren op de vloer en maakten huiswerk.

Ik beweeg de lichtbundel naar Kyra's bed. Het beddengoed ligt in een kluwen op de matras, alsof ze net is opgestaan en elk moment weer naar bed kan gaan. Of alsof er iemand onder ligt.

Ik hou mijn adem in. Ik zou me kunnen bukken om onder het bed te kijken, maar mijn handen trillen. Ik durf het niet. Ik kan niet tegen monsters en nachtmerries. Heb ik nooit gekund.

Ik doe een stap naar achteren en schijn op het bureau. Een felrood shirt hangt over de bureaustoel, hetzelfde shirt dat ze droeg op de dag dat ik haar voor het laatst heb gezien. Voorzichtig doe ik een stap dichterbij, en ik strijk met mijn hand over de stof.

Het licht schijnt op het gordijn boven het bureau. Ik onderdruk een kreet. De gordijnen zijn aan flarden gescheurd – en ze bewegen in een onverklaarbaar briesje.

Het licht flakkert. Ik moet me bedwingen om niet weg te vluchten. Er moet een verklaring zijn voor al deze dingen, al kan ik er niet één bedenken. Ik schuifel verder, maar wat ik zie geeft me geen beter gevoel. Verscheurde opstellen. Scripts en storyboards, onaf. Proppen papier. Een gebroken pen. Een boek in een plas verf.

Ik raak de verf aan. Mijn vingertoppen kleuren roze.

Ik schijn op de boekenkast naast het bureau. Veel boeken zijn weg. De rest is ook verscheurd. Haar hele verzameling volksverhalen en legenden. Haar gekoesterde exemplaren van de *Edda*, proza en poëzie. De boeken die haar opa heeft geschreven. Alle boeken over de geschiedenis van het verhalen vertellen. Allemaal vernield.

Dit klopt niet. Zelfs in een diepe depressie zou Kyra dit nooit hebben gedaan. De gordijnen waren niet belangrijk voor haar, maar ze was heel erg zuinig op haar verhalen en studies.

Dit klopt niet.

Ik steek mijn hand uit naar een van de papieren. Mijn vingers strijken langs de boekenplank en zitten meteen onder het stof. Als ik beter kijk, zie ik ook een dikke laag stof op de vloer. Ik zie mijn eigen voetafdrukken, alléén de mijne. Een paar dagen geleden leefde Kyra nog, maar toen was ze duidelijk niet hier. Ik kan de verse verf niet verklaren, want er is duidelijk al weken, misschien maanden, niemand in deze kamer geweest.

Er valt wellicht nog meer te ontdekken, maar de gordijnen bewegen en de papieren ritselen in een denkbeeldige tochtvlaag, en ik heb er genoeg van.

Corey. Een fluistering strijkt langs mijn oor.

Met een ruk draai ik me om. Mijn telefoon glijdt bijna uit mijn vingers. Het licht schijnt op de muur. Niets. Leegte.

Deze kamer was vroeger de veiligste plek op aarde. Maar nu niet meer. Ik loop achterwaarts naar de opening in de muur, en terug in het atelier doe ik voor de zekerheid de kastdeur op slot.

Pas als ik met opgetrokken knieën weer in bed lig, veilig onder het dekbed, kijk ik naar de gescheurde pagina in mijn hand met Kyra's onregelmatige handschrift.

Lieve Corey,

Ik ben bang. Ik ben bang. Ik ben bang. Ik ben bang. Ik ben bang. Ik ben bang.

~~*Ik ben bang. Ik ben bang. Ik ben bang. Ik ben bang. Ik ben bang. Ik ben bang.*~~

Ik wacht.

DE TWEEDE DAG

ASTRONOMISCHE SCHEMERING

Het is donker en stil in het huisje wanneer ik wakker word uit een rusteloze slaap. Absolute stilte omhult me. Op mijn school zou het nu rumoerig zijn geweest, vijftien meisjes die opstaan en aan een nieuwe dag beginnen, die kibbelen over de badkamers, kleren ruilen. Ik mis de vrolijke stemmen. Ik mis de geur van vers gezette koffie. Ik mis het geluid van Eileens pen wanneer ze de nieuwste Canadese roman schrijft, terwijl de anderen nauwelijks wakker genoeg zijn om te ontbijten.

Ik mis Kyra.

Ze zou Eileen en haar verhalen leuk hebben gevonden. Eileen zou Kyra en haar fascinatie voor vertelkunst leuk hebben gevonden.

Ik was van plan geweest om ze aan elkaar voor te stellen als Kyra in de zomer bij me kwam logeren, zoals het plan was geweest. Voordat…

Voordat ze doodging.

Het verlies komt opnieuw hard binnen. Ik kan het nog steeds niet accepteren. Ik wil antwoorden.

Ik schiet in mijn spijkerbroek en sneeuwlaarzen en trek een sweater met lange mouwen aan waar ik mijn handen in kan verbergen. Het is nog vroeg, en ik weet zeker dat mevrouw H al met het ontbijt bezig is, maar ik wil nog niet naar binnen. Als Kyra's moeder niet met me wil praten, moet ik het misschien bij mevrouw Morden van het postkantoor proberen. Of bij mevrouw Robinson, die erg op Kyra gesteld was, meer dan alle anderen.

Ik haal mijn parka en muts uit mijn rugzak, wikkel een sjaal om mijn nek en trek mijn wanten aan. Het is een ritueel, dit aantrekken van een beschermende laag, en voor het eerst sinds ik terug ben voel ik me weer een Alaskaan.

Ik pak Kyra's brief van het bureau en staar ernaar.

Ik wacht.

Waar wachtte je op, Kyr? Als je hier niet was, waar kan ik je dan vinden?

Ik steek de brief in mijn zak. Het is een tastbare herinnering. Die wil ik bij me hebben.

Ik zie licht branden in de keuken als ik stilletjes wegloop door de tuin. Het is bijna acht uur, en ik kan het verschil tussen de bomen en de lucht net onderscheiden. Op mijn school beginnen nu de lessen.

Ik rits mijn parka hoger dicht. St. James voelt zo ver weg.

Het zal nog een uur of twee duren voordat er een streep licht zal verschijnen aan de horizon, en pas om elf uur zal de zon opkomen. Lost is gewend aan de duisternis.

Als ik op het dorpsplein kom, waar Main Street twee kleinere straten kruist, zijn de vissers al weg, maar het postkantoor, de winkel en de doktersspraktijk zijn nog dicht. De straatverlichting is zwak, en het enige geluid is de wind die langs de gebouwen fluit. Lost ziet eruit als een spookstad.

Zelfs in een klein dorp als dit voelt deze stilte onnatuurlijk. Ik blijf staan bij de straathoek waar Kyra in de zomer een keer op een van de bankjes was gaan zitten, met een blocnote in haar hand.

Ze vertelde me dat ze de verhalen van Lost wilde vastleggen. De eerste dag keken de mensen haar vreemd aan. De tweede wierpen ze alleen nog vluchtige blikken op haar.

Op de derde dag was iedereen in Lost al wel tien keer langs haar gelopen, en leken ze te zijn vergeten dat ze bestond.

'Het geeft me de kans om vanuit een ander perspectief naar Lost te kijken,' vertelde ze me. 'Als mensen je vergeten, hoor – en zie – je van alles.'

Maar toen ik haar vroeg wat ze dan allemaal had ontdekt, wilde ze geen antwoord geven.

Ik leun tegen een straatlantaarn en voel me ook een waarnemer. Al valt er weinig waar te nemen, afgezien van de linten die dansen in het briesje.

Maar toch, hoe langer ik kijk, des te meer ik zie.

Om te beginnen de muurschildering op de zijkant van het postkantoor. Zelfs in het halfdonker herken ik de zachte kleuren van de lente. Het eerste felle zonlicht. De belofte dat het ijs zal smelten, de belofte van warmer weer. Het tafereel is zo hoopvol dat ik het wel uit kan schreeuwen, zo oneerlijk is het allemaal. Dit is duidelijk werk van Kyra – en zij zal nooit meer een lente meemaken.

Ik kijk weg, en ik voel de kou langs mijn armen kruipen..

Achter de ramen van bijna alle huizen zie ik donkere silhouetten. Waar ik ook kijk, overal zie ik mensen die naar me staren. Gisteren vergeleek ik Lost Creek met een verzameling poppenhuizen. Vandaag heb ik de poppen gevonden.

Er gaat een huivering langs mijn rug. Ik maak aanstalten om terug te gaan naar de Hendersons. Iemand die ik niet kan zien begint te neuriën, net als het meisje op de luchthaven. Een paar maten van een melodie, dan maakt een gil een einde aan het liedje. Een schrille en boze kreet, zoals het krijsen van een adelaar. Maar is het een vogel of een mens? Ik weet het niet.

Ik verstijf, en het wordt weer stil om me heen. Ik wacht.

Ik zet nog een stap en het krijsen begint weer. Mijn hart bonst. Ik blijf staan. Voor het eerst in zeventien jaar begrijp ik wat Kyra bedoelde toen ze zei dat ze zich opgesloten voelde.

In het postkantoor gaat licht branden. Mevrouw Morden, Pipers oma, komt naar buiten en hangt een nepplant in een pot naast de deur. Het is alsof ze met een toverstafje zwaait. De schaduwen achter de ramen trekken zich terug.

Mijn gebalde vuisten ontspannen zich, en ik rol met mijn schouders, proberend de kou te verdrijven. Mevrouw Morden schrikt van me, tuurt om zich heen in de beginnende schemering. 'Wie is daar?'

Ik kom dichterbij, de verse sneeuw knerpend onder mijn laarzen. 'Ik ben het, Corey. Goedemorgen, mevrouw Morden.'

'Corey!'

'Ik wilde even dag komen zeggen.' Ik glimlach, een glimlach die zij niet beantwoordt.

Na een korte aarzeling knikt ze naar de deur. 'Ik ben koffie aan het zetten. Kom binnen.' Ze klinkt gelaten, en ik voel me ontmoedigd. Mevrouw Morden is altijd blij om wie dan ook te zien. Ik dacht dat ze ook blij zou zijn om mij te zien.

Ik loop achter haar aan naar binnen. Met de houten lambrisering en het ouderwetse loket ziet het postkantoor er, stel ik me voor, nog net zo uit als honderdzoveel jaar geleden. In zo'n klein dorp is er natuurlijk nooit meer dan één beambte nodig geweest.

Zelfs het koffiezetapparaat dat in het kantoortje staat te pruttelen ziet er antiek uit – en zo klinkt het ook. Ik pak een gebarsten mok en een koekje van een plank en wacht tot de koffie klaar is.

Mijn blik gaat naar het bureau, vroeger dat van meneer Morden. Hij is al zeventien jaar dood, maar zijn vrouw liet het onaangeroerd. Het zag eruit alsof hij alleen maar even weg was en elk moment terug kon komen. Het kasboek lag naast zijn koffiebeker en zijn jasje hing over de stoel. Zijn vrouw stofte alleen af en deed alsof hij er nog was.

Wanneer Kyra en ik bij haar langs gingen, keken we altijd heimelijk of er iets was veranderd. Zijn aanwezigheid was nog zo voelbaar, alsof zijn geest was blijven rondspoken.

Nu is het bureau leeg. Het enige dat nog aan hem herinnert, is een portret boven het bureau.

'Dat is ook werk van Kyra,' zeg ik vanuit de deuropening van het kantoor.

Mevrouw Morden scharrelt een beetje rond, ze zet een display recht, verschuift de frankeermachine, allemaal zonder me aan te kijken. 'Het was tijd voor iets nieuws.'

'Had ze het soms voorzien?' Het is dezelfde vraag die ik Piper heb gesteld, en mijn stem klinkt bits en verbitterd.

'Ik heb haar gave gezien en was er dankbaar voor.' Meer zegt ze niet.

De stilte begint ongemakkelijk te worden. Ik schenk ook een

kop koffie in voor haar en ga pal voor haar zitten, van plan om het anders aan te pakken. 'Ik heb een koekje gepakt, ik hoop dat u het niet erg vindt. Ik heb nog niet ontbeten.'

Vroeger zou ze hebben gelachen, een beetje gesputterd. Ze zou een opmerking hebben gemaakt over de brutaliteit van de jeugd van tegenwoordig en de negatieve invloed van de buitenwereld.

Nu schudt ze alleen haar hoofd en pakt ze zwijgend de koffie van me aan.

Ik wil haar vragen hoe het met haar is, of ze nog wel klandizie heeft, wat de laatste roddels zijn, zoals Kyra en ik altijd deden als we onze post kwamen ophalen. Er komt iets heel anders uit mijn mond. 'Waarom wil niemand met me praten?'

Daar schrikt ze van, ze is bijna net zo verbaasd als ik. 'Je weet hoe het gaat, meisje. Je bent een buitenstaander. Lost Creek houdt niet van vreemden.'

WE KUNNEN HELDEN ZIJN

TWEE JAAR EERDER

‘Mijn psyche is een vreemde voor me,’ zei Kyra. Ze was net terug van een sessie met Rowanne, en ze straalde rusteloze spanning uit.

‘Wat bedoel je?’ vroeg ik.

Ze klapte mijn boeken dicht, schoof mijn huiswerk naar de rand van het bureau en pakte mijn jas. ‘Laten we naar het kuuroord gaan.’

Vorige zomer, toen Kyra heen en weer reisde tussen Lost en Fairbanks voor afspraken met therapeuten, hadden we het voormalige hotel voor onszelf opgeëist. Onze ouders vonden het gebouw te oud en te gevaarlijk, maar het was het ideale toevluchtsoord wanneer Kyra er genoeg van had om door iedereen veroordeeld te worden.

Die zomer zei ze tegen me: ‘Dit gebouw zou een fantastische geheime schuilplaats zijn, of het hoofdkwartier van superhelden. Aaron heeft zijn best gedaan om de boel een beetje op te knappen, maar het is nog steeds oud en vervallen. Het is de perfecte façade.'

'Zijn wij dan superhelden?' vroeg ik.

'Nee, maar we zijn er wel veilig.'

Verder zei ze niets meer totdat we door het keukenraam van het voormalige hotel naar binnen waren geklommen. Ze nam me mee naar de slaapkamers op de tweede verdieping. De kamers op het noorden hadden een Frans balkon, en vanaf een ervan had je een schitterend uitzicht over het groene bos, de helderblauwe lucht en de besneeuwde bergtoppen in de verte.

Kyra maakte een vloerplank los om de chocola te pakken die we eronder hadden verstopt. 'Rowanne wil dat ik nieuwe pillen ga slikken om de stemmingen te stabiliseren.'

Ik brak een stukje chocola af. 'Om de manieën te onderdrukken?'

'Ja.'

'Hoe denk je daar zelf over?'

Ze haalde haar schouders op. 'Ik wil alles proberen, als het maar helpt.'

Zonder nadenken flapte ik de volgende vraag eruit. 'Zul je het niet missen? Niet de depressie, maar de energie?'

Soms was ze gedurende haar manische periodes compleet uitgeteld, maar het kwam ook voor dat ze er een boost van kreeg. Dan schilderde ze uren achter elkaar en deed ze haastig haar huiswerk. Ze was dan intens gelukkig en in voor elk avontuur.

Op die dagen gingen we naar het kuuroord, en dan wáren we helden. We verzonnen de meest bizarre verhalen en speelden die na. We gingen op jacht naar geheime gangen. We speelden verstoppertje met schaduwen.

Dat waren goede dagen.

'Wie zegt dat het mijn manie is en niet ikzelf?' vroeg Kyra.

Ik deed mijn mond open en weer dicht.

'Mijn psyche is een vreemde voor me,' herhaalde ze, cynisch dit keer. 'Ik heb er geen controle over. Ik weet dat ik dat niet kan veranderen, maar ik kan wel proberen een betere manier te vinden om ermee om te gaan.'

GESPREKKEN

Het doet pijn. 'Ik ben geen vreemde, net zo min als u of de rest. Net zo min als Kyra een vreemde was. We horen hier allemaal thuis.'

Mevrouw Mordens ogen fonkelen. 'Ooit, misschien.' Ze legt haar stofdoek neer en schudt haar hoofd. 'De dag en de nacht wachten niet op ons. Je weet hoe Lost vroeger was, maar we zijn veranderd sinds jij bent verhuisd. Dat is geen beschuldiging, alleen de vaststelling van een feit. Zo is het nu eenmaal.'

Lost is veranderd. Ik blijf het horen. Ik was er niet. Ik had er wel moeten zijn. Ze bedoelt het misschien niet als een beschuldiging, maar zo klinkt het wel.

'Ik ben pas zeven maanden weg,' protesteer ik slap.

'En een heel mensenleven.'

'Vertel me dan eens hoe Lost is veranderd,' smeek ik, en tot mijn schrik breekt mijn stem. Ik heb nog nooit gehuild waar iemand bij was, behalve Kyra. 'Mijn beste vriendin is dood, en niemand deelt mijn verdriet. Mijn beste vriendin is dood, en iedereen heeft het alleen maar over haar werk. Ik wil begrijpen hoe ze leefde en hoe ze is gestorven.'

'Echt waar?' Ze vouwt haar handen, precies zoals mijn wiskundedocente op St. James. Even ben ik in de war.

Ik knik.

'Kyra en Lost kregen dankzij haar werk een band. Ze ging meer tekenen en schilderen toen jij er niet meer was. Het hele dorp hangt er vol mee, dat kun je zelf zien. Ze vond een manier om haar gevoelens uit te drukken, en zo konden we met haar communiceren. Ze gebruikte het oude kuuroord als haar atelier.'

'Wóónde ze daar?'

'Kyra sliep niet in de kou, als je dat soms wilt weten,' snauwt ze. 'Ja, ze woonde er. Dat wilde ze zelf. Ze had een gezellige kamer en alle ruimte voor haar creativiteit. Je weet zelf hoe fantastisch ze dat oude gebouw vond.'

Ik weet alleen dat het een toevluchtsoord voor haar was, dat ze er rust vond als het dorp haar niet met rust wilde laten.

'Kyra en ik hebben veel gepraat. Ze wilde weten hoe het hier was toen ik zo oud was als jullie, omdat het toen zo anders was. We hebben gepraat over de verhalen die mijn grootvader me vertelde, de verhalen die haar grootvader haar vertelde, en de roddels die ik van klanten hoorde. Ze verwachtte dat Lost zou gaan veranderen, dat het dorp zou groeien.'

Ik knik. Dat kan ik me voorstellen. Kyra was altijd nieuwsgierig naar de verhalen van iedereen in haar omgeving. Ze wilde begrijpen waarom mensen waren zoals ze waren. Wanneer Kyra niet in de greep was van een van haar episodes genoot ze van gezelschap, en van de verhalen. Zoals dit, het verhaal over een postkantoor waar een geest huisde.

'Hoe langer ik met Kyra praatte, des te meer ze me aan mijn overleden man deed denken. Wilfred begreep mensen ook zo goed, en ze konden allebei uitstekend luisteren. We hebben een keer uren over hem gepraat, en het voelde bijna alsof hij erbij was. Na al die jaren… Het voelde alsof hij thuis was. Een paar dagen later had Kyra een portret van Wilfred gemaakt aan de hand van een oude foto.' Ze gebaart naar de muur. Kyra had hem ouder en rimpeliger afgebeeld, zoals mevrouw Morden.

Met haar vrije hand haalde mevrouw Morden een tissue uit haar mouw om haar ogen af te vegen. 'Tot op dat moment had ik nooit beseft hoeveel talent ze had. Ik ben altijd om mijn man blijven rouwen, Corey, maar dankzij het schilderij kan ik me voorstellen dat hij meer van de wereld heeft gezien dan ik weet. Het portret geeft me rust.'

'Ik wou dat zij ook meer van de wereld had kunnen zien,' zeg ik.

'Corey?' Haar stem krijgt een dringende klank. 'Je moet je over haar geen zorgen maken. We waren er voor haar. We gaven haar alles wat ze nodig had. Lost houdt niet van verandering, maar we hebben haar leren begrijpen. Ze was gelukkig.'

'Hoe weet u dat nou?' Het kost me moeite om kalm te blijven. Kyra vluchtte naar het kuuroord als ze zich ongemakkelijk voelde in Lost. Ze schilderde als ze geen rust kon vinden in haar hoofd. En ze is dóód.

'Vroeger kwamen jullie hier vaak samen. Ze bleef komen toen jij er niet meer was. We zagen elkaar vaak, en ze maakte nieuwe vrienden. Nadat ze in het kuuroord was gaan wonen, ging ik minstens een keer in de week bij haar langs, en ze kwam naar het dorp als ze er zin in had.' Mevrouw Morden pakt mijn hand beet. Haar vingers zijn stijf en koud. 'Door haar werk kreeg Kyra een band met de mensen. Ze luisterde naar ons en ze schilderde op verzoek honderden illustraties. Ze verspreidde een gevoel van geluk. Dat Kyra zich hier eindelijk op haar plaats voelde, was voor ons een teken dat Lost kan veranderen – ten goede. Na al die jaren voelde ze zich eindelijk thuis, en wij voelden dat ook. Hier vond ze rust.'

'Waarom heeft ze dan een eind aan haar leven gemaakt?'

'Omdat geen enkele ster eeuwig kan branden.'

Ik heb nog heel veel vragen, maar de eerste die bovenkomt is: 'Had ze het weleens over mij?'

Mevrouw Morden glimlacht en haar ogen worden vochtig. Ze knijpt zo hard in mijn hand als haar oude spieren het toelaten. Dan loopt ze naar het bureau en zoekt ze iets tussen de papieren in een la. Ze haalt er een ansichtkaart uit en geeft die aan mij. Ik herken Kyra's handschrift op de achterkant direct. 'Met elke brief die ze verstuurde, meisje, en met alle brieven die ze niet verstuurde,' vertelt ze me. 'Ze had het altijd over jou, zo vaak ze kon.'

DE KEUZES DIE WE MAKEN

TWEE MAANDEN EERDER

Noa stormde zonder te kloppen mijn kamer binnen en liet de post op het bed vallen. ‘Mag ik het lenen als jij het uit hebt?’ Ze gebaarde naar het nieuwe nummer van *World Soccer*.

Ik keek op van mijn huiswerk. ‘Ja, hoor. Je mag het ook eerst lezen, als je wilt.’

‘Nee.’ Ze hield een stapeltje stripalbums omhoog, met het nieuwe nummer van *Ms. Marvel* bovenop. ‘Eloi heeft me genoeg leesvoer gestuurd. Hier ben ik wel even zoet mee.’

Ik grijnsde. ‘Mijn broer zou het zo goed kunnen vinden met de jouwe.’

‘Misschien op de volgende familiedag van school?’

‘We moeten Eileen vragen of ze die twee meeneemt naar haar spellenclub. Luke zou het geweldig vinden.’

Eileen verscheen in de deuropening. ‘Wie zou wat geweldig vinden?’ Ze zag de stapel post. ‘Ooo, je hebt de nieuwe *World*

Soccer!' Ze liet zich op het bed vallen en sloeg het tijdschrift open.

'Onze broers zijn allebei computerfreaks. We gaan ze uitnodigen voor de volgende familiedag. Dan kun jij ze meenemen naar de spellenclub,' zei Noa. Omdat ze nergens kon zitten, leunde ze tegen mijn bureau.

'O, dus nu ben ik opeens de nerd van St. James?' Eileen steunde op een elleboog en streek een zwarte krul achter haar oor.

'Nerd, schrijfstertje, vertrouwensoma, goede middenvelder.' Noa telde het lijstje af op haar vingers.

'Vertrouwensoma?' Eileen ging rechtop zitten en haar donkerbruine ogen fonkelden. 'Neem me niet kwalijk, ik ben een halfjaar jonger dan jij. Ik ben ook een betere speler, en wat ik schrijf is toevallig literatuur.'

Met een glimlach en een gelaten zucht klapte ik mijn natuurkundeboek dicht. Ik kon mijn huiswerk verder wel schudden, met die twee in zo'n stemming.

Eileen en Noa keken me aan toen ze me mijn boek weg zagen leggen, allebei met een plagerige twinkeling in hun ogen. De twee meiden verschilden van elkaar als dag en nacht. Eileen was klein en slank, een van de weinige zwarte meisjes op St. James, en een tactische speelster van formaat. Noa, blank en met lang blond haar, was groot en breed, een sterke aanvaller die ons team talloze keren had gered.

Maar ondanks hun verschillen glimlachten ze op dezelfde manier naar me.

'Over voetbal gesproken, laten we naar het sportveld gaan.' Eileen stond op van het bed en boog zich theatraal over me heen. 'De coach heeft Maddy meegenomen,' fluisterde ze, maar zo luid dat Noa het kon verstaan. 'Ze is een paar dagen thuis voordat de training van haar team weer begint. Ze speelt voor de universiteit, dus nu wil iedereen haar opeens hebben.' Ze liet een veelzeggende stilte vallen.

Noa werd zo rood als een boei en mompelde een slappe smoes voordat ze wegrende om zich te gaan verkleden.

Ik grijnsde naar Eileen. 'Je bent slecht en ik vind het geweldig.'

'Ik weet het.' Ze pakte een brief van Kyra en gaf die aan mij. 'Als je eerst nog even je post wilt lezen... Maddy blijft nog wel even. Er is genoeg tijd om Noa te plagen.'

Ik pakte de brief aan en keek naar het krullerige handschrift. Het was zo vertrouwd, het deed me zo aan Lost denken. Ik wilde weten wat ze te zeggen had, en ik had haar ook veel te vertellen. *Ik voel me hier als een vis in het water, Kyr. Ik heb vriendinnen. Ik doe veel aan sport. Zie je mij al als atleet? Ik ben hier zo anders.*

Ik wist alleen niet hoe ik erover moest beginnen.

Ik trok de la van mijn bureau open en legde de brief op de stapel andere brieven. Sommige geopend, sommige ongeopend. Allemaal onbeantwoord.

Ik beet op mijn lip. 'Ik lees hem vanavond wel.'

Eileen hield haar hoofd schuin. 'Weet je het zeker?'

'En een hilarische ontmoeting missen? Ik dacht het niet.'

'Oké, kom op.' Eileen haakte haar arm door de mijne en sleepte me mee. Onze vriendschap was zo heerlijk ongecompliceerd, en tegelijk allesbehalve saai.

Ik had Kyra niet opzettelijk geheim gehouden voor de anderen; het was gewoon zo gegaan. Ik dacht dat ik op St. James net zo vijandig zou worden ontvangen als Lost Creek nieuwkomers behandelde, maar ik werd door de andere meiden onvoorwaardelijk geaccepteerd. Dat was vanzelfsprekend. En voor mij was het een nieuw begin, zonder het verleden dat me in Lost achtervolgde, waar iedereen me al sinds mijn geboorte kende. Hier was iedereen nieuw, en elke dag voelde als een avontuur. Ik wilde die high niet kwijt. Dus stortte ik me volledig in het leven op St. James, waar de regels zoveel simpeler waren, de grenzen zoveel minder rigide. Ver bij Kyra vandaan.

Met een schuldgevoel diep in mijn binnenste deed ik de deur achter me dicht.

EEN NIEUW LOST

Als ik uit het postkantoor naar buiten kom, is Lost Creek tot leven gekomen. De schaduwen achter de ramen zijn weg. Mensen lopen over straat, gaan naar de winkel. Ik steek mijn handen diep in mijn zakken en loop naar de zijkant van het gebouw.

De muurschildering beslaat de hele muur, het landschap van Alaska in de lente. Een stralende rode zon. Azuurblauwe lucht. Roze bloemen. Felgroene naaldbomen. De besneeuwde bergtoppen van het Gates of the Arctic National Park in de verte. Een veelkleurige rivier stroomt van de rechter bovenhoek naar links beneden. De schildering is typerend voor Kyra.

Ze moet er dagen aan hebben gewerkt, zo niet langer. Er zijn zoveel details, en hoe beter ik kijk, hoe meer ik zie. Piper en Tobias, die voor het postkantoor van hun grootmoeder staan. Een glimlachende Sam. De tuin van mevrouw Robinson. Een kleurig Lost. Een vliegtuigje op de landingsbaan. Maar ook de mijn, volledig in bedrijf, met grote machines op de heuvel, omringd door zwart geblakerd, industrieel land.

Mijn hart begint sneller te kloppen. Met ingehouden adem volg ik het pad naar White Wolf Lake, naar de schaduw onder het ijs.

Overal waar ik kijk heeft Kyra aanwijzingen achtergelaten voor haar naderende dood. Ze wist al precies wat er zou gebeuren. Ze had het iedereen verteld. En niemand heeft geprobeerd haar tegen te houden. Zij voorzag het, dus... ze lieten het gebeuren?

Ik kan niet langer naar de muurschildering kijken en draai me om naar de straat. Lost Creek heeft geen kerk, maar alle mensen zien eruit alsof ze naar een dienst gaan. Om de mouwen van hun parka's en winterjassen zijn linten geknoopt, dezelfde zwarte en roze linten die ze elders in het dorp hebben opgehangen.

En ik hoor hun stemmen fluisteren.

Je was er niet.

Je bent nooit echt haar vriendin geweest.

De gezichten van vrienden vervormen, veranderen in die van vreemden en vijanden. Waarom is het zo'n schande dat ik ben gekomen om afscheid te nemen? Sinds wanneer ben ik een bedreiging? Ik begrijp het niet, en voel me afgewezen.

Morgen bewijzen ze een meisje dat ze nooit hebben gekend de laatste eer, een meisje dat op de een of andere manier een centrale rol was gaan spelen in hun leven.

Drie mannen komen de straat in, meneer H, meneer Sarin en sheriff Flynn. Geen van drieën is in het zwart gekleed, maar Kyra's vader draagt het verdriet met zich mee in de rimpels van zijn gezicht en zijn gebogen schouders. Allemaal hebben ze een corsage van de bloesem van de prachtframboos opgespeld. Ik trek me terug in de schaduw en luister naar wat ze zeggen als ze langslopen. Het gesprek gaat nog steeds over mijnbouw en investeringen en mineralen, over een nieuwe toekomst voor Lost Creek, de welvaart die gaat komen.

En in een dorp waar nooit iets verandert, verandert alles.

Het is een verbetering, kan ik mevrouw Morden bijna horen zeggen. *Deze verandering geeft Lost een toekomst.* En ze heeft gelijk.

Een nieuwe industrie zou voor iedereen geweldig zijn. De supermarkt kan uitbreiden. Mensen kunnen hun huizen echt opknappen, niet alleen schilderen, ze kunnen kapotte daken repareren, geld opzij zetten voor hun oude dag. Dromen die altijd onbereikbaar leken kunnen worden afgestoft.

Maar tegen welke prijs?

Deze verandering zou te vergelijken zijn met een plotselinge onweersbui, en in Alaska zijn onweersbuien zeldzaam en hevig.

Ik draai me om en maak oogcontact met sheriff Flynn. Hij leunt tegen een gebouw aan de overkant van de straat en staart me aan, maar maakt geen aanstalten om me te komen begroeten. Ooit waren we bevriend. Geen dikke vrienden, maar we hadden wel een band met elkaar. Nu…

Nu ben ik een buitenstaander.

SOMS GELUKKIG

NEGEN MAANDEN EERDER

We dansten op het ijs.

Het was lente, toen de meteorenzwerm de Lyriden de hemel oplichtte. Ik had de voorspellingen gevolgd, en toen ik Kyra vertelde dat de zwerm op een nacht zonder maan het beste te zien zou zijn, besloot ze dat we een feestje moesten vieren. Op nachten dat ze niet kon schilderen en doelloos rondzwierf buiten Lost, verzamelde ze bloemblaadjes die ze kon uitstrooien over het dorp, of maakte ze een kampvuur om de vlammen te zien dansen. Die avond wilde zíj dansen.

'Het is zo donker,' zei ze. 'Stel nou dat de zon niet opkomt, dat het eeuwig winter blijft? Ik wil van elk moment genieten.'

'Ik denk dat we ervan uit kunnen gaan dat de zon morgen opkomt, zelfs als wij het niet zien.'

Haar ene mondhoek ging omhoog. 'Toch weet je dat niet helemaal zeker.'

'Ik niet. Maar de wetenschap wel. Ik vertrouw erop. En bovendien, met de Lyriden, hoe donkerder de lucht vannacht is, des te groter is de kans dat we vallende sterren zien.'

We glipten stiekem weg uit het tuinhuis, en toen het sterrenbeeld Lyra kort voor de dageraad boven de horizon uitkwam, liepen we over het ijs van White Wolf Lake. Ik had me vanwege de snijdende wind dik ingepakt in mijn winterjas en extra sjaals, maar Kyra liep buiten in een openhangende jas, met roze bloemen in haar haar. De prachtframboos stond sinds een paar dagen in bloei, aarzelend boven de langzaam smeltende sneeuw, maar waar ze midden in de nacht verse bloemen had geplukt was me een raadsel. Er hing altijd iets mysterieus om Kyra heen, en ik had afgeleerd om er vragen over te stellen.

'Hoe wil je het precies vieren?' vroeg ik.

Kyra liep naar een glad gedeelte van het ijs, niet ver van de oever van het meer. Het ijs was nog donker en dik, maar de eerste barsten waren zichtbaar. De oppervlakte weerspiegelde de lucht. Een windvlaag blies over het bevroren meer en nam het laatste beetje sneeuw mee. Kyra spreidde haar armen en wervelde rond. 'Met verhalen natuurlijk.'

'Je vriest nog dood. Doe je jas dicht.' Ik gaf haar een van de extra sjaals die ik uit haar kamer had meegenomen.

Glimlachend rolde ze met haar ogen. En toen ze me meetrok naar de spiegelende sterren op het ijs voelden haar handen warm om de mijne. 'Mijn opa zei altijd dat verhalen de hartslag van de wereld zijn, vooral in Alaska. Verhalen vormen ons. Ze geven betekenis aan de strengste winters en de langste zomers.'

Hoewel Kyra's familie al sinds het begin in Lost Creek woont, was haar opa aanvankelijk een buitenstaander geweest, een folklorist die rondtrok om de verhalen van de inheemse bevolking op te tekenen – de Koyukon-Athabasken en de Iñupiat, de Yupik en de Haida. Hij had ontelbare verhalen met Kyra gedeeld, maar ze weigerde die mij te vertellen. Het waren niet zijn eigen verhalen, zei ze tegen me, en om ze te kunnen begrijpen, moest je de volkeren van wie ze zijn respecteren en kennen.

'Wat ga je dan voor verhalen vertellen?' vroeg ik.

'De onze. Lost Creek barst ook van de verhalen. Verhalen over de liefde en geheimen. Over vriendschap en overleven. Over haat.' Ze slikte alsof ze aan een bepaald verhaal dacht, en wachtte even voor ze verderging. 'We leven en scheppen onze eigen verhalen. Het verhaal van Sam, de zoon van de sheriff, die nooit glimlacht. Het verhaal van het postkantoor waar het spookt. De verhalen over de games die je broer bedenkt. Het verhaal over jou en mij en ons allemaal op dit gestolen land. Denk je niet dat juist onze verhalen ons menselijk maken?'

Mijn blik was steeds op het noordoosten gericht om de meteoren niet te missen, maar nu draaide ik me opzij naar haar. 'Heb je niet liever vrolijke verhalen? Verhalen met een happy end?'

'Moet dat?' Kyra keek naar de lucht. 'Denk eens aan jouw meteoren. Stel nou dat er niets wetenschappelijks aan is. Stel nou dat de brandende lichtjes die we zien geesten zijn, die terugvallen op aarde. Stel nou dat ze proberen terug te gaan naar hun dierbaren voordat ze opgebrand zijn. Stel nou dat een vallende ster een ziel is die nog een laatste keer thuiskomt.'

De verschillen tussen ons waren altijd het duidelijkst als we naar de donkere lucht keken. Ik zag supernova's en explosies, terwijl zij de verhalen achter deze fenomenen zag. Ik hunkerde naar wetenschappelijke kennis, terwijl zij de sterren betekenis gaf. 'Een ziel die thuiskomt?' mijmerde ik. 'Wat een mooi beeld.'

'Het is geen happy end,' zei ze, 'maar het is genoeg.'

Kyra pakte mijn handen en wervelde me rond, totdat ik begon te lachen en we zo duizelig waren dat de sterren dansten als vuurvliegjes.

Opeens bleef ze staan. Ik struikelde over mijn eigen voeten en gleed weg over het ijs.

'Het is genoeg,' herhaalde ze hijgend, buiten adem. 'Er hoeft niet altijd een happy end te zijn. Eén keer gelukkig is ook goed. Of soms gelukkig. Hoop. Hoop geeft onze pijn betekenis.' Een paar seconden lang keek ze intens verdrietig, toen pakte ze mijn hand weer. 'Kom, dan vertellen we elkaar verhalen.'

Terwijl we naar de sterren aan de hemel keken, weefde zij verhalen over beloften en liefdesverdriet om ons heen. Over Lost Creek.

Bij het aanbreken van de dageraad voelde ik Kyra bij me wegglijden. Haar glimlach verflauwde. Ik klampte me aan haar vast. Ik haatte deze episodes. Ze maakten me bang, omdat ik nooit wist wat ik kon verwachten.

Uiteindelijk verbrak ze de stilte.

'Rowanne vindt dat de nieuwe pillen om mijn stemmingen te stabiliseren niet genoeg doen,' zei ze zacht. Ze ging met haar vingers door haar haar en trok eraan. 'Alweer niet.'

'Wat jammer.' Dat was het enige wat ik nog kon zeggen. Inmiddels had ze de meeste reguliere behandelingen geprobeerd, maar de manische episodes waren steeds intenser geworden. Wekenlang sliep ze nauwelijks. Onafgebroken was ze aan het tekenen en schilderen, luisterde ze naar liedjes die alleen zij kon horen. Tegelijkertijd waren haar depressies dieper en zwarter geworden. Soms zat ze zo opgesloten in zichzelf dat niemand haar kon bereiken, hoe graag ik haar ook wilde bevrijden. En zowel het een als het ander kwam steeds vaker voor.

'Het lijkt haar beter om iets nieuws te proberen.' Ze pakte een stokje en tekende poppetjes in de sneeuw. 'Ze heeft contact opgenomen met een kliniek in Fairbanks. Ze wil dat ik me daar laat behandelen. Nieuwe medicatie met meer toezicht, en intensievere therapie.'

'O.' Veel mensen in Lost hadden het erover dat het goed zou zijn als Kyra werd opgenomen, maar dit was de eerste keer dat ze er zelf over begon.

'Het voelt als een nederlaag.'

Ik beet op mijn lip. 'Dat is het niet.'

'Dat weet ik wel, maar toch voelt het zo. Ik wil medicijnen die helpen. Ik wil genoeg hebben aan mijn sessies met Rowanne. Ik wil genoeg hebben aan mijn studie en mijn verhalen en onze vriendschap. Ik wil niet méér nodig hebben.' Ze trok haar knieën op tegen haar borst en sloeg haar armen om haar benen.

'Wil je erheen?' Ik wist niet wat ik anders moest zeggen.

Ze keek me niet aan. 'Als jij deze zomer weggaat... Ik denk dat het een goed idee is voor als jij er niet meer bent.'

'O.' Ik wilde het beste voor haar, en ik probeerde haar te steunen... maar ik durfde er niet meer in te geloven dat Kyra een weg zou kunnen vinden naar een leven tussen de uitersten.

'Corey...' Haar stem liep over van eenzaamheid.

'Het lijkt mij ook een goed idee.' Ik probeerde het zo oprecht mogelijk te laten klinken. 'Het zou kunnen helpen. Misschien dat je je beter gaat voelen.'

'Je vindt me niet genoeg zoals ik nu ben.' Nu keek ze me wel aan, een verdrietige blik in haar ogen. We hadden zoveel meegemaakt samen – naakt gezwommen in het meer, elkaar horrorverhalen voorgelezen in het bos – maar haar ziekte stond steeds vaker tussen ons in. Zij probeerde het te accepteren en ermee te leren leven, en mij kostte het moeite om dat te begrijpen.

‘Ik denk dat je zoveel meer zou kunnen zijn. Ik wil je zo graag gelukkig zien.’

Ze leek iets te willen zeggen, maar bedacht zich. Ze bleef een hele tijd stil, vroeg toen: ‘Kom je wel bij me terug?’

‘Altijd.’ Ik sloeg mijn armen om haar heen. ‘Zul je op me wachten?’

Ze leunde tegen me aan. ‘Altijd.’

Kaart van Kyra aan Corey

Niet verstuurd

Vandaag kreeg ik je kaart, Cor. Waar had je die vandaan? Mevrouw Morden moest in het archief graven om deze stokoude kaart voor me te vinden. 'Groeten uit Lost Creek Hot Springs, de bron die alle ziekten geneest.' Vind je het niet geweldig?

Weet je nog de eerste keer dat we naar het kuuroord gingen? Op zoek naar geheimen? Er zijn daar geen geheimen meer, of misschien zijn er alleen nog maar geheimen. En dit is mijn diepste geheim: een kaart van jou geeft me hoop. De hoop dat ik je weer zal zien. De hoop dat ik hier ooit weg kan.

Maar hoop is nog wreder dan al het andere.

Ik mis je.

AND HERE'S TO YOU

Mevrouw Robinson is zo oud als de stenen, zo oud als Lost Creek. Als ze me aan ziet komen doet ze de deur al voor me open. Ze neemt mijn handen in de hare, die sterker en tegelijk breekbaarder zijn dan ik had verwacht. Ze komt nog maar net tot mijn schouders, maar ze is zo overrompelend als een lawine.

'O Corey.' Een en al hartelijkheid is ze, en ze neemt me mee naar de woonkamer en bestookt me met vragen.

Als ik haar eenmaal heb verzekerd dat het goed met me gaat, en ook met mijn moeder en broertje, schenkt ze een kop thee voor me in uit de pot die al klaarstaat op de salontafel. Bij mevrouw Robinson staat de thee altijd klaar.

'Wat fijn dat je terug bent. Ze kunnen zeggen wat ze willen, de buitenwereld is gewoon niet geschikt voor mensen zoals wij. Hier hoor je thuis.'

Haar hartelijke begroeting voelt als een warme deken om me

heen. Ik wíl hier thuishoren. 'Lost is zo anders nu Kyra er niet meer is.'

'Ik mis haar ook, liefje. Iedereen mist haar. Het is triest om iemand te verliezen die zo jong en getalenteerd was.'

'Ze had zoveel verhalen te vertellen,' verzucht ik.

'En haar werk was zo bijzonder.'

'De schilderingen... Denkt u...' Ik zoek naar woorden. Het is absurd om haar te vragen of zij geloofde dat Kyra's werk de toekomst voorspelde. Of dat zij geloofde dat Kyra een profetes was, zoals Piper lijkt te denken.

'Ik ben veel te oud voor dat soort dwaze denkbeelden,' zegt ze.

'Zijn het dwaze denkbeelden?' Want ik weet niet meer wat ik moet denken.

Ze pakt haar theekopje en kijkt me over de rand heen aan. 'Het is een kwestie van perspectief, laat ik het zo zeggen. Ik woon al tientallen jaren in dit dorp, een heel mensenleven. Ik heb gezien dat het zich tegen verandering verzette, maar ik heb ook ontelbare keren gezien dat het er juist blij mee was. De mijn werd gesloten, de financiële problemen werden overwonnen en het dorp herrees uit de as. Het is goede mest, as. Als je as verstandig gebruikt, komt je tuin tot bloei.'

As. Mijn thee smaakt opeens bitter. 'Kyra is dóód. Daar heeft toch niemand iets aan?'

'Verandering is niet makkelijk.'

Ik ben echt niet zo naïef dat ik denk dat alles altijd hetzelfde blijft. Verandering hoeft niet altijd leuk te zijn, maar dit is absurd, dit doet zó veel pijn. 'Het had niet mogen gebeuren.'

'Natuurlijk niet. Maar het is niet het einde van de wereld. Eigenlijk is niets het einde van de wereld, al beweren we nog zo hard van wel.'

‘Wat er nu is gebeurd… was wél het einde van Kyra’s wereld. Dat telt toch ook?’

Ze kijkt me peinzend aan. Haar huid is zo dun als papier, maar haar ogen zijn nog scherp. Kyra zei altijd dat ze zich niet kon voorstellen dat ze ooit honderd zou worden, maar mocht dat gebeuren, dan wilde ze net zo worden als mevrouw Robinson: gracieus en door bloemen omringd.

‘Kom,’ zegt ze tegen me. Ze pakt haar stok en komt verrassend lenig overeind. ‘Ik wil je iets laten zien.’

ZAADJES PLANTEN

Langzaam schuifelt mevrouw Robinson voor me uit door het huis. We lopen door de gang, met talloze foto's in sepia uit een andere tijd. In de keuken, waar het altijd een beetje naar rabarbertaart ruikt, blijft ze voor de tuindeur staan. Ik kijk naar buiten als ik stemmen en gelach hoor.

De tuin is niet winterklaar. De planten zijn niet beschermd tegen de sneeuw. De meubels zijn niet afgedekt. En de deur van het schuurtje staat open. Mijn vingers jeuken. Deze tuin is niet alleen van mevrouw Robinson, maar van ons allemaal. Iedereen helpt haar, en de tuin winterklaar maken is een gemeenschappelijke taak.

Maar.

Aan de andere kant van het hek ligt de sneeuw kniehoog, en er valt nog steeds nieuwe sneeuw. Desondanks staat de tuin uitbundig in bloei.

Ze komt naast me staan, leunt zwaar op haar wandelstok. 'Laat je mond niet openhangen, liefje, dat staat niet zo charmant.'

Met een klap doe ik mijn mond dicht, maar ik blijf met grote ogen naar buiten staren. De tuin lééft. Aan een kant staan bloeiende frambozenstruiken. Een paar kinderen – Gwen en Willow Wilde en Henry Lucas – staan tussen de struiken om de vruchten te plukken. Tobias Morden grijnst en zwaait naar me als hij me ziet.

Ik zwaai terug. In een andere situatie zou ik meteen naar hem toe zijn gegaan om hem te begroeten, maar mijn gedachten zijn te verward. Wat is dit? Hoe is het mogelijk dat de tuin in bloei staat?

De andere helft van de tuin is een zee van wilde bloemen. Gele klaprozen van het middenpad tot aan de heg. Paarse lupine langs de randen. De broertjes Harper zijn aan het wieden, hoewel de grond hard en bevroren zou moeten zijn.

Er ligt geen vlok sneeuw in de tuin; ik zie alleen sneeuw in het haar en op de laarzen van de mensen in de tuin. Afgezien daarvan is het lente. Zomer. Rijpe prachtframbozen. Het volle leven.

'Kyra hield van deze tuin,' zegt Mevrouw Robinson. 'Ze kwam minder vaak toen ze eenmaal in het kuuroord was gaan wonen, maar ze bleef komen om de planten te verzorgen en onkruid te wieden. Als zij niet kon komen, kwam Piper. Of Tobias. Of Sam. Of een van de anderen. We wilden de tuin winterklaar maken, maar Kyra hield vol dat het niet nodig was, ook toen de dagen korter begonnen te worden. Ik heb uren bij haar gezeten. Ze schilderde zonder te slapen of te eten.'

Ik kan mijn ogen nog steeds niet geloven, en het duurt even voordat haar woorden tot me doordringen.

'Eerst wilde ik haar niet geloven. Maar toen begonnen de planten te groeien. Er verschenen bloemen die ik al jaren niet meer had gezien. De prachtframboos ging bloeien. We hadden er geen verklaring voor – Kyra had er geen verklaring voor – maar we konden niet ontkennen wat we met onze eigen ogen zagen gebeuren.' Ze pakt mijn hand beet en neemt me mee naar het schuurtje. Niets is opgeborgen, al het gereedschap wordt nog gebruikt.

Ze wijst op de zijmuur van het schuurtje, die ik vanuit de keuken niet kon zien. Ook hier weer een muurschildering van Kyra, maar realistischer dan haar gebruikelijke stijl. Het is een afbeelding van een tuin met prachtframbozen, paarse lupine en andere wilde bloemen. Het is een bijna een exacte weergave van de tuin die ik zie.

'De wereld houdt niet op te bestaan als een van ons weggaat. We passen ons aan. Kyra heeft een tastbare erfenis nagelaten. Ze maakte kunst. Ze heeft dit gemaakt. Begrijp je?'

Ik doe mijn mond open en weer dicht.

'Corey?' vraagt ze met lichte irritatie.

Het is een gewoonte om 'ja, mevrouw' te zeggen, maar in plaats daarvan schud ik mijn hoofd.

Nee, ik begrijp er niets van. En ik vraag me af of ik het ooit zal begrijpen.

VOOR DE DIERBAREN DIE WE ZIJN KWIJTGERAAKT

Ik doe de tuinpoort achter me dicht en loop diep in gedachten verzonken terug. De tuin zag er zo anders uit, die keer dat Kyra en ik elkaar zoenden. Met Kyra voelde ik me altijd volkomen op mijn gemak. Maar het gesprek na die kus was alles behalve ongedwongen. Ik wilde er toen niet aan terugdenken en nu nog steeds niet.

Maar ik kan de herinnering niet wegstoppen.

'Het is oké.'

Ik loop de straat uit.

'Het is oké.'

En dan weet ik het weer.

Zwijgend deden we de laatste dingen in de tuin. Ik bleef buiten wachten terwijl Kyra naar binnen ging om dag te zeggen tegen mevrouw Robinson. Daarna liepen we naar het bos, bij de huizen en mensen vandaan. Hier konden we alleen elanden tegenkomen.

'Het is oké,' zei Kyra met haar rug naar me toe.

Ik legde mijn hand op haar schouder. 'Nee, het is niet oké. Ik wil erover praten. Ik wil over ons praten.'

'Ik…' Ze woelde met een hand door haar haar en zette haar bril af om de glazen te poetsen, een duidelijk teken dat ze nerveus was. 'Jij hoeft geen sorry te zeggen. Ik moet sorry zeggen. Ik heb me in de signalen vergist.'

'Nee. Of misschien wel, maar dan kun je van mij hetzelfde zeggen.'

Ze trok een gezicht. 'Zoen ik echt zo slecht?'

'Nee, gekkie.' Ik gaf een zachte stomp tegen haar arm, maar was meteen weer serieus. 'Ik heb je gekust omdat ik nieuwsgierig was, omdat ik wilde weten waar iedereen het altijd over heeft. Ik dacht dat ik het misschien zou begrijpen als ik het zelf probeerde…' Ik struikelde over mijn woorden. Ik kon mijn eigen gevoelens alleen begrijpen door erover te praten, maar ik wilde Kyra niet kwetsen. Die kus was voor mij eens en nooit meer, maar niet voor haar. 'Ik voel me niet tot je aangetrokken. Misschien word ik wel nooit verliefd. Zo zit ik niet in elkaar.'

'Dus het ligt niet aan mij maar aan jou?'

Ik trok een gezicht. 'Zoiets. Ik hou van je, maar ik ben niet verliefd op je.'

‘Ik hou van jou en ik ben wél verliefd op je,’ zei ze zacht.

‘Dat weet ik.’

Weer draaide Kyra haar rug naar me toe, en dit keer liet ik het zo.

Haar schouders waren hoog opgetrokken, en haar armen stijf om haar borst geslagen. Ze wilde niet dat ik haar zou zien huilen, maar ze kon de gesmoorde snikken niet voor me verbergen. Toch kon ik niets doen, ik kon er alleen zijn, dichtbij, en afwachten.

Na een tijdje kalmeerde ze een beetje. ‘Ik wil je niet kwijt.’ Ik had haar nooit eerder zo kwetsbaar meegemaakt.

‘Ik wil jou ook niet kwijt,’ fluisterde ik. Ik kon haar alleen vriendschap bieden, maar ik wist niet of dat genoeg was.

‘Ik heb alleen jou. Ik wil niet dat je een hekel aan me krijgt.’

Ik deed een stap naar haar toe en sloeg mijn armen om haar heen. Ik voelde hoe gespannen ze was. ‘Doe niet zo raar.’

‘Meen je dat?’

Ik ging op mijn tenen staan en drukte een kus in haar haar. ‘Je bent mijn beste vriendin. Ik hou zoveel van je als eindeloze dagen en eindeloze nachten bij elkaar. Je hoort bij me.’

Ze zuchtte en haar schouders zakten langzaam omlaag. ‘Ik zou niet weten wat ik zonder jou moest.’

Telefoontje

'Is mama thuis, Luke?'

'Ze heeft een bespreking in het ziekenhuis. Je weet hoe dat gaat. Het duurt nog uren voor ze thuis is. Hoezo?'

'Ik...'

'Corey? Is er iets?'

'Ik...'

'Cor?'

'Sorry, ik was vergeten hoe slecht de ontvangst hier is.'

'Dat is iets wat ik níet mis.'

'Grizzly's wel?'

'Die houden hun winterslaap.'

'Adelaars?'

'Trekvogels.'

'De rabarbertaart van mevrouw Robinson.'

'Er is in de winter geen rabarber, dat weet je best.'

'De koekjes van mevrouw H.'

'Dat is niet eerlijk. Die mis ik wel. Ik neem de eerstvolgende vlucht naar Lost.'

'Ik ben alweer thuis tegen de tijd dat je er bent.'

'Corey? Is er echt niets? Je klinkt zo raar. Nog raarder dan anders.'

'Hou je mond, etter. Het is vreemd... Het is vreemd om terug te zijn. Ik dacht dat alles nog hetzelfde zou zijn, maar er is zoveel veranderd. Wist je dat er zelfs wordt gepraat over het heropenen van de mijn? Ik dacht dat ik me altijd thuis zou voelen in Lost, maar ik ben de weg een beetje kwijt.'

'Lost blijft de plaats waar je bent opgegroeid. En je hoort hier thuis, bij mij en mama. Waag het niet om rechtstreeks de trein terug te nemen naar school zonder bij ons langs te komen. Het nieuwe huis valt heel erg mee. Mama heeft eindelijk de woonkamer ingericht.'

'Ik wil blijven om afscheid te nemen. Dan vlieg ik naar Fairbanks, en door naar jullie. Oké?'

'Beter.'

'Je bent echt een etter.'

'Ik doe mijn best. Hé, Corey? Ik vond Kyra ook tof. Ze was aardig voor me. Ze was je beste vriendin. Het is oké als jij je niet oké voelt.'

'Hé, Luke?'

'Ja?'

'Gaat het goed met jou en mama?'

'Weet je zeker dat je mama niet op haar mobiel wilt bellen?'

'Nee, nee, dat is echt niet nodig. Ik wil niet...'

'Alles gaat prima hier, echt. Met mama en met mij.'

'Gelukkig.'

'Cor?'

'Ja?'

'Doe je Tobias de groeten van me? En Sam? En neem je een zak koekjes van mevrouw Henderson voor me mee? Zeg maar dat ik ze mis, en dat ik haar ook mis. En dat ik het heel erg vind van Kyra.'

'Doe ik. Tot snel.'

'Zus?'

'Ja?'

'Zorg dat je tenen er niet af vriezen.'

PADEN

Ik bedenk niet bewust waar ik naartoe wil, ik laat me leiden door mijn voeten. Die brengen me naar de arbeiderswijk die na de goldrush is gebouwd, toen het delven van kwarts begon. Dit is het armoedige deel van het dorp. Hier zijn de huizen, anders dan in Main Street, klein en krakkemikkig, met daken die kreunen onder het gewicht van de sneeuw. De muren kunnen de kou nauwelijks buiten houden, en toch is het binnen gezellig.

Hier woonde ik zeven maanden geleden nog.

Voordat mijn vader bij ons wegging, vormden we een hecht gezin. Daarna moest mijn moeder steeds vaker naar Fairbanks en dorpen in de omgeving, en zorgden Luke en ik voor onszelf, met hulp van de buren, vooral sheriff Flynn, de Hendersons en de Mordens. Kyra kwam vaak langs, en dan speelden we met z'n drieën tot ver na middernacht spelletjes. Luke, Tobias en ik honkbalden in de tuin.

Lukes Lost Creek is het dorp dat ik me herinner. Elk jaar was heel Lost in de ban van de Yukon Quest, de sledehondenwedstrijd. We vierden het nieuwe jaar met grote vreugdevuren. En we aten de meest bizarre dingen als het dorp door slecht weer niet bevoorraad kon worden en Jans winkel leeg was.

Ga straks maar even kijken, zei Piper gisteren tegen me.

Ik ga de hoek om en zoek in mijn zak een sleutel die ik niet langer heb, van een huis waar ik niet langer woon, en ik blijf als aan de grond genageld staan.

Er staat geen huis meer aan het eind van de straat. Alleen nog een geraamte, zwart geblakerd. Delen van het dak liggen op de grond, half begraven in de sneeuw. Een roze lint is aan het overblijfsel van het hek geknoopt. Het huis waar ik ooit woonde is weg.

Waar vroeger de drempel zat, steken een paar roze bloemen uit een sneeuwduin. Ik strijk de sneeuw weg en staar naar de bevroren bloesem van de prachtframboos. Ze zijn verbrokkeld en gescheurd. Op een van de steunbalken is een boodschap gekrabbeld.

Drie woorden: *Het zij zo.*

In gedachten hoor ik de stem van mevrouw Robinson. *Het is goede mest, as. Als je as verstandig gebruikt, komt je tuin tot bloei.*

LAAT ALLE HOOP VAREN

NEGEN MAANDEN EERDER

Ik kauwde op mijn pen en keek naar de glow-in-the-darksterren die ik met veel zorg op het plafond van mijn kamer had geplakt. Kyra en ik werkten allebei aan een schrijfopdracht voor Engels. Dat wil zeggen, zij was aan het werk terwijl ik op inspiratie wachtte. Ik deed tien keer liever wiskunde dan een opdracht voor Engels.

'"Door mij ga je binnen in de stad van eeuwige pijn, door mij ga je naar het eeuwig lijden, door mij ga je naar de mensen die verloren zijn,"' las Kyra voor, en ze krabbelde iets in haar blocnote. '"Laat alle hoop varen, als je hier binnentreedt."' Ze tilde haar hoofd op. 'Klinkt dat niet heel erg als Lost?'

'Dantes inscriptie boven de poort naar de hel?' Ik lachte. 'Nee, niet echt. Het klinkt deprimerend.'

Haar ogen fonkelden. 'Denk jij dat mijn depressies zo voelen? Als eeuwige pijn?'

'Ik… Nee, ik…' stamelde ik. 'Zo bedoelde ik het niet. Ik weet niet hoe jouw episodes voelen.' Ik had weleens overwogen om haar ernaar te vragen, maar ik kon er nooit de juiste woorden voor vinden. Vooral omdat haar depressies voor mij een dichte deur en eenzaamheid betekenden. Ze maakten me bang. Ik wist niet hoe ik haar eruit moest trekken.

Kyra likte haar lippen. 'Gisteravond las ik mijn opa's beschrijving van de geschiedenis van Lost. "Volgens de verhalen is het dorp Lost Creek in Alaska niet genoemd naar de gelijknamige rivier, maar naar de eerste groep pioniers, een handjevol avonturiers voor wie in de wereld geen plaats was. Mannen die nergens thuishoorden, verschoppelingen – *lost souls*."' De cadans van haar stem gaf betekenis aan de woorden. "'Ze vestigden zich hier, stalen land dat niet van hen was, en bouwden huizen tussen de bergen en de mijnen, de warmwaterbronnen, de rivier en het meer. De zomerdagen waren lang en de mogelijkheden leken onbegrensd.

Toen kwam de kou. De pioniers ontdekten dat ze zich in het hart van de winter hadden gevestigd. Ze waren op zoek geweest naar nieuwe kansen, maar ze stonden machteloos tegenover de winter en de vorst die bezit nam van hun land. En hoe ze hun best ook deden, deze *lost souls*, zelfs in Lost konden ze niet ontkomen aan hun lot."'

Ik vond het prachtig.

Kyra glimlachte niet. 'Of misschien staat er dat ze niet aan Lost konden ontkomen. Het handschrift van mijn opa is soms moeilijk te ontcijferen.'

Ik keek door het raam naar buiten, naar de voortuin waar Luke en Tobias aan het honkballen waren. 'Dat is nogal een verschil.'

'Nee.' Kyra schudde haar hoofd en pakte haar pen weer op. 'Het komt op hetzelfde neer.'

CADEAUTJES

Midden in de nacht schrik ik wakker. Het licht is nog aan – ik wilde niet in het donker gaan slapen. Mijn gedachten en dromen zijn al donker genoeg. Het is stil in het tuinhuis. Ook buiten is het stil. Ik heb de kast op slot gedaan en er een stoel tegenaan geschoven. Toch hamert mijn hart in mijn borst.

Ik weet niet waar ik van wakker ben geworden. Al is het nog zo stil in de kamer, ik voel me niet alleen. Ik voel ogen op me gericht. Ik hoor het zachte geluid van iemands ademhaling. Ik draai me niet op mijn zij, met mijn gezicht naar de kamer, want ik weet dat ik dan iemand zal zien, iemand die tegen het bureau leunt.

Ik ken dit van Kyra. Ze zat soms naar me te kijken. En als ze dan rusteloos werd, sprong ze midden in de nacht op mijn bed, en schrok ik me rot. Ik wacht op het ritselen van het beddengoed, op het kraken van het bed onder haar gewicht.

Er gebeurt niets. Maar het gevoel dat er iemand naar me kijkt blijft. Het wordt sterker. Een huivering gaat langs mijn rug.

Ik doe mijn ogen dicht, draai mijn hoofd om, en dwing mezelf om te kijken. Niemand.

Dan dwaalt mijn blik af naar mijn rugzak. Ik heb mijn kleren er haastig bovenop gegooid voordat ik naar bed ging. De rugzak is omgevallen tegen het bureau.

Er liggen roze bloemen op mijn shirt.

Ondanks het dikke dekbed krijg ik het koud.

Ik sla het dekbed terug en loop over de ijskoude vloer naar mijn rugzak.

Als ik de bloemen opzij strijk, gaat er een rilling door me heen.

Weggestopt in mijn shirt vind ik een potloodschets van mezelf, zoals ik eergisteren aankwam met het vliegtuig. Mijn rugzak hangt over mijn schouder. In de verte staat een meisje dat Piper zou kunnen zijn. Een meisje dat Kyra zou kunnen zijn.

Kom hier.

DE DERDE DAG

GEZONDHEID EN WARMWATERBRONNEN

Kyra is geweest. Ze was in mijn kamer en wacht op me. Ik kan de gedachte niet uit mijn hoofd zetten. Ze wacht nog steeds op me.

Ik moet naar haar toe.

Na het ontbijt zeg ik tegen mevrouw Henderson dat ik een wandeling ga maken. Ik vertel haar niet dat ik naar het kuuroord ga, want dan gaat ze misschien protesteren. Voordat ik vanmiddag naar de herdenking ga, wil ik weten waar ze woonde, hóé ze woonde. En ik moet weten hoe ze dood is gegaan.

Met een lunchpakketje in mijn rugzak voor later maak ik de tocht naar de warmwaterbronnen. De enige weg van Lost Creek naar het kuuroord wordt zelden gebruikt en wordt in de winter niet sneeuwvrij gemaakt, dus volg ik de kortere route door het bos.

’s Ochtends in het schemerlicht is het een makkelijke wandeling; gemakkelijker dan ’s middags, wanneer de takken schaduwen werpen en de bomen fluisteren. Het sneeuwt niet, wat in de winter zelden voorkomt. Ik ga naar Kyra toe.

Natuurlijk weet ik dat het irrationeel van me is om te verwachten dat ik haar in het kuuroord zal vinden, en toch ben ik opgewonden. Hoop doet mijn hart sneller kloppen. Ik laat me meeslepen door de wilde schoonheid van onze natuur. Er lijkt geen einde te komen aan het naaldwoud. In de lente komen hier niet alleen mensen, maar ook beren en elanden en adelaars. In de zomer sjokten er regelmatig zwarte beren door Main Street, en het was ook een paar keer voorgekomen dat een eland had geprobeerd de tuin van mevrouw Robinson op te vreten. Het hoort erbij, het is vanzelfsprekend, net als ademhalen.

In de winter is het rustiger. De beren houden hun winterslaap en de adelaars overwinteren elders, maar het land blijft mooi. We zitten weggestopt onder een immense laag sneeuw, die kleuren en geluiden worden gedempt. Ik vond altijd dat we geen kerk nodig hebben in Lost omdat de natuur zo inspirerend en ontzagwekkend is.

Na een tijdje komen de warmwaterbronnen en het kuuroord in zicht. Het is een oud, bordeauxrood hotel van twee verdiepingen, met schuine daken en zo'n twintig kamers. Volgens Kyra was het aan het begin van de twintigste eeuw gebouwd. De warmwaterbronnen werden in het begin alleen gebruikt door mijnwerkers, onderweg naar en van Klondike. Maar in de decennia erna werd het een steeds populairdere toeristische bestemming. Hoewel Lost niet kon concurreren met de warmwaterbronnen in Circle of Chena werd het kuuroord zeker vijftig jaar lang druk bezocht. Het verlaten gebouw werd van ons. Van Kyra en mij. En daarvoor was het van Anna. Amy. Will. Allemaal weggevlucht uit Lost. We hebben onze namen in de trapleuning gekerfd en zo een stukje van onszelf achtergelaten.

Ik ga langzamer lopen. Kyra en ik glipten altijd aan de achterkant naar binnen, want officieel mochten we er niet komen. Het gebouw werd beschouwd als monument en was daarom verboden terrein. Maar als het hele dorp wist dat Kyra hier woonde, zou de voordeur toch open moeten zijn?

Ik blijf staan en kijk naar de weg.

Ik zou het Aaron kunnen vragen, de beheerder, die hier niet ver vandaan in een kleine, moderne blokhut woont. Of ik kan gewoon de deur proberen. Dat voelt allebei niet goed. Kyra wil dat ik hier ben.

Ik loop dus verdekt door de bosrand naar de achterkant en kruip net als vroeger stiekem naar binnen.

Ik klim naar binnen door een klein raam aan de noordkant van het gebouw en laat me zakken op wat volgens Kyra en mij vroeger het aanrecht moest zijn geweest. De ruimte is vergeeld en leeg. Modder bedekt de vloer. Er is een beetje sneeuw naar binnen geblazen.

Ik spring van het aanrecht af en stamp de sneeuw van mijn laarzen. Ik zie meer voetafdrukken. Met bonzend hart buig ik me voorover. De andere afdrukken zijn droog en zeker een paar dagen oud. De schoenmaat is moeilijk vast te stellen, daarvoor zijn de afdrukken niet duidelijk genoeg, maar ik overtuig mezelf ervan dat ze van Kyra zijn. Ik wíl dat ze van Kyra zijn. Ik stel me voor dat ze naar binnen klimt. Ik stel me voor dat ze leeft.

Kyra.

Ik volg de voetafdrukken naar de gang aan de achterkant van het gebouw, waar de personeelskamers zijn. Vanuit de gang is er een deur naar de ingang, maar die zit op slot en het slot is vastgeroest. In plaats daarvan volg ik de afdrukken via een smalle trap naar de eerste verdieping, waar ik dan weer afdaal naar de ingang. Het is een omslachtige route, maar je moet iets overhebben voor een eigen schuilplaats. Kyra en ik zijn hier zo vaak geweest dat ik met mijn ogen dicht de weg kan vinden.

De muren zijn helemaal met graffiti bedekt. Op oude foto's ziet het hotel er schitterend uit, met dikke rode vloerbedekking en behang met een goudkleurig patroon, maar die tijd is voorbij.

Op de overloop blijf ik zo ver mogelijk bij het gammele houten traphek vandaan. Als ik ertegenaan zou leunen, zou de boel in kunnen storten, met mij erbij. In plaats daarvan sta ik boven aan de trap als een sprookjesprinses in een parka en spijkerbroek. En ik staar.

De lounge is een grote ruimte zo hoog als de eerste verdieping, nu geschilderd in uitbundige kleuren. Overal zie ik bloemen en schilderingen en kaarsen en papieren. Het is er fleurig in plaats van stoffig, zoals vroeger. Dit gedeelte van het gebouw leeft, in tegenstelling tot de rest.

Voor de open haard, die zo te zien nog recent is gebruikt, staan twee gemakkelijke stoelen. Een paar schetsblokken liggen op een tafeltje.

Langzaam daal ik de trap af, en met elke stap die ik zet, zie ik meer details.

Achterin, op een grote tafel, ligt een verzameling schetsen en schetsblokken. Er liggen ook tubes verf en andere schildermaterialen.

Voor de schilderijen en tekeningen die tegen de muren leunen, staan kaarsen in gesmolten kaarsvet. Ik zie ook verdorde boeketten, en overal waar ik kijk zie ik bloesem van de prachtframboos en roze stipjes.

Dit is geen schuilplaats of woonkamer. Het is een altaar.

VOGELS MET GEBROKEN VLEUGELS

ZEVEN MAANDEN EERDER

In Lost Creek bestond onze hele wereld uit een paar vierkante kilometers, begrensd door water, bomen en bergen. Maar als Kyra schilderde, vergat ze de kleine wereld, de realiteit. Als ze schilderde, kwam de voortdurende onrust in haar hoofd tot bedaren. Het werkte bevrijdend, hoewel ze zich er later zelden iets van kon herinneren.

Ze moest schilderen of anders hardlopen door het bos, vertelde ze me, en als ze schilderde, kon ze niet over boomwortels struikelen of van een helling vallen. Het was zelfbehoud, zei ze. Ze moest haar manieën op de een of andere manier ontvluchten.

Het was juni, en ik mocht toekijken. Normaal gesproken wilde Kyra geen toeschouwers, maar het was een week voordat mijn moeder, Luke en ik naar Winnipeg zouden verhuizen, waar mijn moeder in een kinderziekenhuis ging werken. We hadden nog maar zo weinig tijd samen, en die wilden we ook echt samen doorbrengen.

We zaten op de steiger van White Wolf Lake, en op haar knieen lag een groot schetsblok. Ik hield de verf vast, hoewel ik me afvroeg of ze besefte dat ik er was. Ze was heel ingespannen aan het werk, en ik hield telkens mijn adem in, alsof ik naar een atletiekwedstrijd keek.

Ze gebruikte niet meer dan een aantal kleuren, in schakeringen die feller waren dan de kleuren om ons heen, en toch herkende ik het onderwerp al snel.

Luke verscheen als eerste op het papier. Zijn ogen waren net iets te groen en helder, zijn haar was te stekelig, maar hij was het echt. Kyra had hem nooit eerder zo getekend, en de manier waarop ze hem liet glimlachen ontroerde me. Ze was zo getalenteerd. En hij zag er zo gelukkig uit.

Ze schilderde hem in beweging, hij rende naar ons toe. Het leek wel alsof hij elk moment van de pagina kon springen.

Toen kwam Tobias tevoorschijn, Pipers broer. Natuurlijk waren ze samen, ze waren altijd samen. Hij volgde Luke op enige afstand en hield iets in zijn hand. Kyra voegde steeds meer details toe, van Tobias' hoodie tot aan de schoenen die hij droeg en de vogel in zijn hand. Een torenvalk – in felpaars – met een van zijn vleugels in een onnatuurlijke hoek.

Het tafereel paste helemaal bij Lost Creek.

Kyra schilderde bomen, schaduwen achter de twee jongens, ze creëerde diepte en afstand. Uit het weinige werk dat ik van haar kende, maakte ik op dat ze het liefst de bloemen in de tuin van mevrouw Robinson schilderde, of landschappen van plaatsen ver bij ons dorp vandaan, waar ze haar fantasie op losliet. Voor zover ik wist, was dit de eerste keer dat Kyra mensen uit Lost Creek schilderde.

Ze ging door, voegde nuances toe, werkte onvolkomenheden

bij die ik niet zag. En nog steeds was ze niet tevreden. Ze veranderde kleuren langs de randen. Ze maakte de helft van het bos blauw. De hele tijd zat ik gefascineerd naar haar penseelstreken te kijken.

Toen begonnen haar handen te trillen. Ze legde haar penseel neer. Als ze door had kunnen gaan, had ze misschien de kleren van de jongens veranderd, of de uitdrukking op hun gezicht.

'Het is prachtig,' zei ik zacht.

Ze keek naar mij, naar het schilderij en draaide haar hoofd weg. 'Mm.'

Haar blik gleed langs de horizon, alsof de rusteloosheid in haar binnenste nu alweer kwam opzetten. Als ze een episode had, zag ze er altijd opgejaagd uit, en ik verlangde ernaar om haar anker te zijn.

Ze wilde haar schetsblok dichtklappen, maar ik griste het uit haar handen. 'Wacht nou even. Laat het drogen.'

'Waarom?'

Ik schudde mijn hoofd. 'Luke zou het geweldig vinden om te zien hoe jij hem en Tobias hebt afgebeeld – als helden.'

Haar glimlach was onecht, geforceerd. 'Het leven zou veel leuker zijn als we meer helden hadden.' Ze kwam overeind, rekte zich uit en begon heen en weer te lopen.

'Helden maken alles leuker,' beaamde ik terwijl ik naar het schilderij keek. Het kwam vaker voor dat ze van de wereld raakte terwijl ze schilderde, maar ik had haar nooit eerder een werk als dit zien maken. Zelfs met het beperkte kleurenpalet was dit net echt.

Toch zag ze zelf niet hoe indrukwekkend haar creatie was.

'Als je straks in Canada bent,' zei ze, terwijl ze nog steeds heen en weer liep, 'zul je dan aan me denken?'

Ik keek haar aan. 'Denk je nou echt dat ik je kan vergeten?'

Voordat ze antwoord kon geven, klonken er achter ons voetstappen op de steiger, en iemand slaakte een gesmoorde kreet. Ik draaide me om, en zag Piper, die naar Kyra's schilderij keek. 'Dat is magisch.'

Kyra schudde haar hoofd maar zei niets.

Ik dacht niet dat Piper het letterlijk bedoelde. Misschien wel.

Maar de volgende zondag maakten Luke en Tobias een tocht door het bos, en ze kwamen terug met een torenvalk met een gebroken vleugel. Tobias hield de vogel in zijn handen, en Luke rende vast vooruit om een doos te halen en de boswachter te bellen.

Kyra was haar schilderij al helemaal vergeten. Ze maakte nog ontelbare schetsen en schilderijen, die ze allemaal verscheurde. Maar dit schilderij had ik uit haar schetsblok gehaald voordat ze het weg kon gooien. Het lag thuis tussen mijn schoolboeken. Ik was het niet vergeten.

En Piper ook niet, zag ik aan de manier waarop ze ons aanstaarde toen we haar later tegenkwamen in het dorp.

EEN ALTAAR MET BLOESEM

Aan de voet van de trap blijf ik staan en ik steek mijn hand uit naar de bloesem. De bloemen die in mijn slaapkamer lagen waren zacht, bijna als zijde. Deze blaadjes verbrokkelen tussen mijn vingers.

Het is alsof de tijd stil is blijven staan en alles nog precies zo is als toen Kyra hier voor het laatst was. Ik heb het gevoel dat een fluistering genoeg is om alles weg te blazen. Het is geen kapel, het is een kaartenhuis.

Ik raak een van de linten aan, eerbiedig, zoals ik Piper zag doen toen ik net was aangekomen.

De schoorsteenmantel is een bloemenzee van prachtframbozen in allerlei soorten. Er staan gedroogde bloesems, andere zijn op het marmer geschilderd, en er zijn ook nog gehaakte bloemen. Ertussen staat een bruin flesje met een kurk. Parfum van de prachtframboos? Ik kan het niet ruiken. Het is al moeilijk genoeg om adem te halen.

Tussen de bloemen – echte en namaak – liggen snippers verbrand papier. Op sommige kan ik nog woorden onderscheiden. *Alsjeblieft. Ik smeek je. Help me.* Het is niet Kyra's handschrift.

Het is alsof de vertekende focus van de laatste twee dagen verschuift en helder wordt.

Ze had het voorzien. Ze had het voorspeld.

Lost kende niet alleen betekenis toe aan Kyra's werk, ze kwamen ook met verzoeken naar haar toe. Ze installeerden haar in dit pelgrimsoord, en aan alle offerandes te zien aanbaden ze haar.

We hebben met elkaar zingeving gevonden, had sheriff Flynn tegen me gezegd. Ik dacht dat hij bedoelde dat Kyra en het dorp een manier hadden gevonden om elkaar te begrijpen. Nu vraag ik me opeens af of hij niet bedoelde dat het dorp een bestemming voor haar had gevonden, een betekenis voor het meisje dat vanwege haar stoornis als betekenisloos was weggezet.

Corey?

Ik draai me om naar de fluistering, maar er is niemand. Ik hoor alleen het bonzen van mijn eigen hart.

Ik loop naar de grote tafel en sla behoedzaam een van de schetsboeken open. Ernaast staat een schoteltje met opgedroogde inkt. Het schetsboek noch het schoteltje verdwijnt als ik het aanraak, al zou dat me niet hebben verbaasd. Dit lijkt wel een betoverde wereld.

Het schetsboek staat vol met inkttekeningen. Allemaal, trouwens, ook de andere schetsboeken. Ze zijn ruwer en grover dan Kyra's schilderijen, met hier en daar een veeg kleur en diepe krassen van de pen. Bloemen. Bergen. Gezichten. Sommige herken ik, andere niet. Het kuuroord. De warmwaterbronnen. White Wolf Lake, dit keer godzijdank zonder Kyra erin.

Als ik bij de laatste pagina kom, blijf ik heel lang kijken. Het is een grove tekening, de inkt is vlekkerig. Toch herken ik mezelf en het verkoolde skelet van mijn oude huis. Wat ik hier op papier zie, is exact hetzelfde tafereel van de vorige dag, alsof ze erbij was geweest.

Door haar werk zijn we met elkaar verbonden.

Ik ben maar zeven maanden weggeweest, en Kyra schilderde vroeger alleen in haar manische episodes. Maar alles wat ik zie, hier en in het dorp, wijst erop dat Kyra genoeg heeft geschilderd voor een heel mensenleven.

Geen enkele ster kan eeuwig branden, zeiden ze.

Kyra's ster brandde zo fel. Totdat ze niets meer te geven had.

Ik ben omringd door al die schilderijen en tekeningen, maar waar zijn Kyra's boeken? Haar verhalen? Haar aantekeningen?

De enige woorden hier zijn vragen, smeekbeden.

En fluisteringen.

Corey?

DE BEHEERDER

Aaron staat in de deuropening. Hoewel hij al boven de zeventig is, blijft hij een grote, indrukwekkende man. Vroeger werkte hij in de mijn van meneer H, totdat hij beheerder werd van het kuuroord. Nu onderhoudt hij zo goed en zo kwaad als het gaat het monumentale gebouw, hij houdt vogels en dieren buiten de deur en zorgt dat de bronnen schoon zijn. Zijn haar en huid zijn grijs geworden, maar zijn borst en schouders zijn nog steeds breed. Zijn ogen zijn altijd half toegeknepen tegen het licht.

'Corey? Gaat het?'

Ik weet niet wat ik moet zeggen. Ik ga op de onderste traptree zitten. Het is me allemaal veel te veel. Al die bloemen. Al die briefjes – of zijn het gedichten? – van mensen die hier zijn geweest. Zwarte linten die tussen de spijlen van de trap zijn gevlochten.

Ik gebaar om me heen. 'Ik wilde graag zien waar Kyra woonde. Maar dit... dit allemaal...'

Aarons mond vertrekt en zijn blik dwaalt af. 'Ja, het is behoorlijk overweldigend. De afgelopen dagen zijn er veel mensen langs geweest om haar te herdenken en de laatste eer te bewijzen.'

'En daarvoor? Dit is van meer dan een paar dagen.'

Hij knikt. 'Daarvoor kwamen er ook mensen.'

Ontelbare vragen spoken door mijn hoofd. *Hoe lang heeft Kyra hier gewoond? Was ze alleen? Waarom was ze hier en niet in Fairbanks? Waarom heeft ze geen hulp gezocht?* 'Wat is er gebeurd?'

Aaron kijkt weer langs me heen, alsof er iemand achter ons staat die het gesprek volgt. Het maakt me nerveus. Hij schudt zijn hoofd en komt naast me zitten op de trap, met zijn ellebogen op zijn knieën. 'Kyra was een lieve meid,' zegt hij. 'Ze had nog heel lang moeten leven. Niemand in Lost droeg haar een kwaad hart toe.'

Ik wilde protesteren, maar hij stak een hand omhoog.

'Ik weet dat het niet altijd zo is geweest, meisje.' Hij glimlacht en zijn gezicht krijgt een zachtere uitdrukking. 'Lost en Kyra hebben geleerd elkaar te begrijpen. Mensen kwamen naar haar toe, ook om voor haar te zorgen. Ik wou dat je het zelf had kunnen zien.'

'Ze kwamen naar haar toe met gebeden en verzoeken? Ze was manisch depressief, geen profetes.'

Mijn keel brandt en mijn handen zijn tot vuisten gebald. Ik wil slaan. Ik lach, meer kan ik niet doen. Kyra vertelde me een keer over Sága, de patrones uit de Noordse mythologie. Een verhalenvertelster. Een zieneres. Een godin.

'Wat hebben jullie van haar gemaakt?' vraag ik gespannen. 'Hoe wilt u haar noemen? Een wonder? Een orakel?'

Hij zucht om mijn uitbarsting. 'Die woorden zou ik niet willen gebruiken. Ze bracht vertrouwen naar Lost Creek, met haar werk, met haar gave. Een daarmee een toekomst. Stel je eens voor! Ze schilderde een vrolijk, welvarend dorp, en niet lang daarna kwamen er investeerders. Dit dorp heeft zo lang gevochten tegen de elementen, maar nu hebben we weer hoop. Kyra heeft ons die toekomst gebracht. Ze heeft ons veranderd.'

Ik knipper met mijn ogen en probeer te bevatten wat hij zegt. 'Hoe dan?'

'Ze zag een toekomst die niemand nog kon zien. Ze gelóófde in een toekomst, en daarom geloofden we in haar.'

Een paar woorden, en toch is het gewicht ervan immens. Lost geloofde in haar.

'Ze was een heldere ster, en ze straalde totdat ze was opgebrand. Nu hebben we alleen de waarheid nog, en dat zou ook alleen maar een verhaal kunnen zijn.' Hij schraapte zijn keel. 'Je weet hoe dol ze was op verhalen.'

Ik lach, verbitterd en schor. Deze ruimte is te klein. De lucht is te muf. We zijn omringd door Kyra's werk, maar haar boeken zijn hier niet, niet één. 'Dit was niet haar verhaal.'

'Wat zeg je?'

Ik gebaar om me heen. 'Vond ze het fijn om hier te zijn? Was het haar eigen keuze om hier te wonen?'

Aaron gaat staan en klopt zijn broek af. Weer kijkt hij achter me, en hij aarzelt voordat hij geforceerd naar me glimlacht. 'Natuurlijk. Hier voelde ze zich thuis.'

TEKENS AAN DE WAND

Aaron wil niet dat ik alleen achterblijf, maar als ik zeg dat ik even moet bijkomen, dringt hij niet verder aan. Ik pak de tekeningen die Kyra van mij heeft gemaakt en stop die in mijn rugzak.

Lost Creek barst ook van de verhalen, zei Kyra een keer tegen me. *Verhalen over de liefde en geheimen. Over vriendschap en overleven. Over haat.*

Ik krijg geen lucht. Ik wil gillen. Ik wil mijn huid openkrabben.

Ik moet hier weg, weg, weg, wég. Weg bij dit altaar. Met drie treden tegelijk storm ik de trap op. Kennelijk is er een wolk voor de zon geschoven, want het zonlicht dat door de ramen naar binnen scheen is weg. Opeens zijn er overal schaduwen.

Als het weer lichter wordt, is dat diffuus, anders.

Ik laat me tegen de muur omlaag zakken en sla mijn armen om mijn knieën, de enige manier om het trillen tegen te gaan. Ik snak naar adem. Op de eerste verdieping is het grijzer, kouder.

Wat hebben ze met haar gedaan?

Wat hebben ze met haar gedáán?

Wat hebben wij met haar gedaan?

Ik tril nog steeds, maar ik moet weten hoe Kyra hier leefde.

De tweede verdieping, met slaapkamers voor gasten toen het kuuroord nog toeristen trok, is vrijwel helemaal leeg. Afgezien van een paar voetafdrukken in het stof wijst niets erop dat hier onlangs iemand is geweest. Ik zigzag door de twee vleugels van het gebouw, totdat ik de laatste kamer in de oostelijke vleugel bereik.

De deur staat op een kier, en ik vang een glimp op van kleuren.

Een felblauwe slaapzak ligt op een oud bed, met een draagbaar kacheltje aan het voeteneinde. Er staat een lamp op het nachtkastje en er ligt een boek.

Ik houd het boek al in mijn handen en tegen mijn borst gedrukt voordat ik besef wat ik doe.

Mondelinge overlevering en volksverhalen in het noordpoolgebied. Kyra had dit boek zo vaak gelezen dat het uit elkaar viel. Ik moet bijna hardop lachen. Nerd. Mijn lieve, rare beste vriendin. Dit was de Kyra die ik kende.

Ik ga op het bed zitten en krijg tranen in mijn ogen. Dit was haar kamer.

Het is een doodgewone kamer, behalve dat Kyra hier sliep. Het bedlampje gaat aan als ik op het knopje druk – kennelijk heeft Aaron de oude generator gerepareerd. Naast het kussen ligt een bundeltje paarse stof. Ik pak het en vouw het uit. Het is een sjaal, waar met zilverdraad kleine sterren op zijn geborduurd. Sterren in de vorm van sterrenbeelden: de Grote Beer, Cassiopeia, de Zwaan, de Lier, Orion. Alle sterren die we samen hebben gezien.

Ik heb Kyra de sjaal gegeven voor haar zeventiende verjaardag, bijna een jaar geleden. Toen mijn moeder haar nieuwe baan had aangenomen, hield Kyra me dicht tegen zich aan, wikkelde de sjaal om ons heen en zei ze dat we nog steeds onder dezelfde sterrenhemel zouden leven.

Ik houd de sjaal tegen mijn gezicht en snuif. Geen spoortje van haar geur. Mijn handen zakken terug in mijn schoot terwijl ik om me heen kijk.

Op de muren zijn teksten geschreven, dezelfde zin, telkens herhaald:

Ik krijg geen lucht. Ik krijg geen lucht. Ik krijg geen lucht. Ik krijg geen lucht. Ik krijg geen lucht.

Nu begin ik nog veel erger te trillen. Ik ga staan, de sjaal in mijn hand geklemd, en loop van de ene muur naar de andere.

Ik kan niet blijven.

Het staat overal, op alle muren. Geschreven met potlood en inkt, in blauw en zwart en bloederig rood. Allemaal in Kyra's karakteristieke handschrift.

En boven de deur:

Ze houden je in de gaten. De schaduwen, Corey. Ze houden je altijd in de gaten.

Ik steek mijn hand uit om mijn naam aan te raken, maar ik kan er niet bij.

Nog hoger, in de hoek, weer een krabbel.

Ga niet weg.

NACHTMERRIES

ACHT MAANDEN EERDER

Aan het begin van de zomer waren we vaak ’s avonds in het kuuroord. De avonden werden langer, en het was altijd nog licht genoeg om naar huis te kunnen lopen, hoe laat het ook was. We lagen op het dak, schouder aan schouder, en keken naar de avondzon.

‘Ik haat de zomer,’ zei Kyra. ‘Als het zo lang licht is, blijven mijn gedachten maar doorgaan. Ik krijg geen lucht.’

Ik verstrengelde mijn vingers met de hare. ‘Het wordt snel genoeg winter, en dan is het ’s nachts weer donker.’

‘Niet snel genoeg.’ Ze zuchtte. ‘Bovendien, jij bent bang in het donker.’

‘Ik hou niet van schaduwen. Ik vind het vervelend als ik niks kan zien. Maar ik ben niet báng in het donker.’

Ze glimlachte. ‘Leugenaar. Je bent doodsbang voor het donker, nogal onhandig voor iemand die sterrenkundige wil worden. Maar ik zal je hand vasthouden. Samen kunnen we de schaduwen verjagen.'

'Ik ben niet bang,' loog ik. Maar ik was wél bang, al sinds mijn vader bij ons weg was. Ik was bang voor duisternis, voor de nacht. Ik was bang dat ik de volgende ochtend zou ontdekken dat er 's nachts nog iemand van ons gezin was verdwenen.

'Het geeft niet.' Ze mompelde nog iets wat ik niet kon verstaan. Ik kon het wel raden. Ik was ook doodsbang voor háár nachten.

Ik kneep in haar hand. 'Stel nou dat we geen nieuw leven kunnen opbouwen, ondanks mijn moeders nieuwe baan?'

Ze glimlachte. 'Je kunt altijd terugkomen bij mij.' Met haar vrije hand streek ze een takje uit mijn haar. 'Ik ben ook bang.'

Ik draaide me opzij om haar gezicht te kunnen zien.

Ze zei heel lang niets. 'De gedachte dat mijn episodes bezit van me gaan nemen maakt me bang. Ik ben bang dat ik mezelf helemaal kwijt zal raken. Ik ben bang dat ik mezelf op een dag zal zien zoals Lost me ziet. Dat ik niet goed genoeg ben.'

Ik aarzelde, en Kyra probeerde zich van me los te maken. Ik bleef haar stevig vasthouden. Kyra bruiste van het leven, verwonderde zich altijd over alles om zich heen. Ik kon me niet voorstellen dat ze dat ooit kwijt zou raken. Ik wilde niet dat ze het kwijt zou raken. 'Als dat ooit gebeurt, kom ik terug. Ik zal je hand vasthouden. Samen kunnen we de schaduwen verjagen. Maar je moet het me wel vertellen als je me nodig hebt. Beloof je dat?'

Haar duim streek over mijn handpalm. 'Ik vertel je altijd alles. Beloofd.'

Ik leunde weer achterover. 'Je bent belangrijk, Kyr. Voor mij. Voor je ouders. En ook voor Lost, al begrijpen ze je niet altijd.'

‘Waarom heb ik dan het gevoel dat ik niet goed genoeg ben? Waarom is het zo moeilijk om erbij te horen? Ik kan er niet altijd voor je zijn, en het voelt alsof ik je steeds weer teleurstel. Alsof ik je afschrik.’

‘Dat is niet zo. Dat mag je niet eens denken.’ Ik knipperde mijn tranen weg omdat ik niet wilde dat zij die zou zien, maar mijn stem klonk verstikt. Ik richtte me half op. ‘We zullen er altijd voor elkaar zijn. En je moet niet tevreden zijn met genoeg.’

Ze legde haar hoofd tegen mijn schouder, en in die omhelzing kon ik al haar pijn voelen. Ik sloeg mijn armen om haar heen. Ze rilde, en ik trok haar dichter tegen me aan. Kyra’s verdriet vrat aan me, en ik wist niet hoe ik haar kon troosten. Maar samen hielden we onze duisternis tegen het licht, en dat hielp, want we waren niet alleen.

HOE DE WERELD VERANDERT

Ik ben langer in het kuuroord gebleven dan ik had gedacht, en de zon heeft het hoogste punt aan de hemel bereikt als ik terugloop naar het dorp. Twee figuren lopen bij het meer vandaan. Ik herken Pipers silhouet, maar pas als de andere persoon zijn hoofd optilt zie ik dat het Sam is. Sam Flynn. De jongen die nooit iets zei en nooit lachte, voert nu een levendig gesprek met Piper.

Piper lacht.

Dan ziet Sam mij. Hij wijst en zegt iets, maar ik kijk weg voordat Piper me kan roepen. Met mijn hoofd omlaag loop ik naar Main Street. Ik kom langs twee meisjes die een sneeuwballengevecht houden in de tuin. Hun schelle stemmen irriteren me, en toch glimlach ik. Voor het eerst sinds ik er ben hoor ik kinderen lachen.

'Corey!' roept Piper.

Ik steek mijn handen diep in mijn zakken en doe alsof ik haar niet hoor. Ik heb geen zin in haar hypocrisie.

Het is een nadeel van een dorp zo klein als Lost: iedereen kan iedereen vinden. Vroeger zag ik dat als een voordeel; we zorgden voor elkaar, we pasten op elkaar. Je kon jezelf niet kwijtraken.

'Corey.' Pipers stem klinkt nu veel dichterbij, en ik kan haar niet langer negeren.

Ik blijf staan maar draai me niet om.

Ze haalt me in en trekt me mee naar de stoep. Ze is bleek en heeft donkere kringen onder haar ogen. 'Hoe gaat het?'

Ik heb er genoeg van, ik heb genoeg van dit spelletje. 'Ik ben naar het kuuroord geweest.'

'En heb je daar de antwoorden gevonden waar je naar op zoek was?' vraagt ze, al weet ze volgens mij al wat ik ga zeggen.

'Niet één.'

Piper schudt haar hoofd en laat mijn arm los. Ze kijkt oprecht teleurgesteld, maar houdt zich niet in. 'Jij komt ongevraagd hierheen om een moord te onderzoeken die nooit heeft plaatsgevonden. Je komt ons vertellen wat we verkeerd hebben gedaan, terwijl je er niet eens was. Je begrijpt niet hoeveel Kyra voor dit dorp betekende.'

'Hadden jullie haar daarom opgesloten in een vervallen gebouw? Een kunstenares, die van jullie alleen maar als een bezetene mocht schilderen? Had ze betekenis omdat ze jullie eigen orakel was? Of zagen jullie haar als een lid van deze gemeenschap?'

'Haar werk was belangrijk.'

'Haar wérk was niet het belangrijkst! Ze vond het zelf niet eens belangrijk.'

'Ze genoot van haar leven.'

‘En toen ze haar eigen dood begon te schilderen, lieten jullie haar voorspelling uitkomen?’

Piper kijkt me strak aan. ‘Kyra hield dit dorp bij elkaar met haar werk. Zij was het voorbeeld waar wij inspiratie van kregen – tijdens haar leven, maar ook door haar dood. Kyra had je kunnen vertellen dat de afloop van een verhaal het belangrijkst is. We zullen haar niet vergeten.’

‘Inspirátie? Jullie vonden haar dood inspirerend?’

Ze knijpt haar ogen halfdicht. ‘Dat is gemeen.’

‘Dat gevóél is gemeen.’

‘Zij heeft Lost verenigd.’

‘Daar had ze niet aan dood hoeven gaan.’

Als er zoiets bestaat als een collectieve inademing, een heel dorp tegelijk, dan was dit het. Voor het postkantoor draaien mevrouw Morden en de oude meneer Wilde zich om en staren. Sam doet hetzelfde van een afstandje. Iedereen, alle mensen op straat, iedereen blijft staan, draait zich om en staart.

Piper lacht. ‘Pas maar op, Corey. Je begrijpt het nog steeds niet.

BEGRIJP JE HET NU?

Ext. Lost-Main Street-middag

Corey loopt verder naar het huis van de Hendersons. Ze zoekt haar telefoon. Piper en Sam lopen weg, maar alle anderen blijven staan, versteend als schaakstukken.

Twee kleine meisjes staan in een tuin. Ze hebben allebei een sneeuwbal in hun hand, maar ze spelen niet.

Meisje 1:
Begrijp je het nu?

Meisje 2:
Ik zal je een verhaal vertellen.

Tobias Morden leunt tegen een muur.

Tobias:
Begrijp je het nu, Corey?

Mevrouw Morden:
Ik zal je een verhaal vertellen.

Corey buigt haar hoofd en weigert te reageren. Ze gaat sneller lopen. Ze ziet niet dat Roshan achter haar loopt en de dorpelingen in de gaten houdt.

Roshan:
Begrijp je het?

Achter het raam van elk huis waar Corey langsloopt, ziet ze Kyra's werk. Eenvoudige schilderijen van gezinnen, van opgeknapte huizen, van reizen en rijkdom. Schilderijen van zorgvuldig opgebouwd geluk.

Telefoontje

'Denk je dat het geen zelfdoding was?'

'Ik weet het echt niet, E. Ze hebben een icoon van haar gemaakt. Ze vergaten dat ze een mens was. Ze geloofden in een leugen, maar ik kan me niet voorstellen dat dat een reden is om iemand te vermoorden.'

'Nee?'

'Wat bedoel je?'

'Woorden en overtuigingen zijn hartstikke dodelijk. Dat heb ik tenminste ervaren.'

'O. Ik heb er nooit bij stilgestaan...'

'Dat is ook niet nodig.'

'Het spijt me.'

'Gaat het een beetje?'

'Nee. Het doet pijn om hier te zijn. Ik mis haar. Ik blijf maar denken dat ze zo de hoek om kan komen lopen en dan tegen me zegt dat ze zich had verstopt. Alles voelt verkeerd.'

'Dat heeft niet alleen met Kyra te maken. Je voelt je daar niet meer thuis.'

'Dat is toch raar?'

'Lost is veranderd. Jij bent veranderd.'

'Dat wilde ik helemaal niet. Ik wilde niet veranderen.'

'Is dat zo? Je vindt het leuk op St. James.'

'Maar ik dacht dat Lost nog steeds mijn thuis was. Als ik me in Lost niet thuis voel, waar dan wel? Ik heb er mijn hele leven gewoond, en toch zien ze me als een indringer. Ik hoor er niet meer bij.'

'Hier ben je thuis. Je hoort bij ons.'

'Dat is niet hetzelfde.'

'Ik weet het.'

VREES HAAR

Een uur voordat de dienst begint ga ik naar de bakkerij van mevrouw Henderson. Ze is aan het werk. Ze bakt nog steeds, zoals ze de eerste dag tegen me zei, uit verdriet. Zodra ze me ziet rent ze naar de deur. De bezorgdheid staat even duidelijk in haar ogen te lezen als haar opluchting. Ze is bleek. Ze pakt mijn armen beet alsof ze bang is dat ik anders zal verdwijnen. 'Corey! Je bent uren weggeweest. We wisten niet waar je was.'

Ik voel me direct klein en egoïstisch. 'Het spijt me, ik...' Ik maak mijn zin niet af. Wat moet ik tegen haar zeggen? 'Ik ben naar het kuuroord geweest. Ik had niet in de gaten dat het al zo laat was.'

'Ik had het kunnen weten. Jullie waren er zo vaak.'

'Het spijt me,' herhaal ik. 'Ik wilde u niet ongerust maken.'

Ze schudt haar hoofd, en ik wacht af. Ik verwacht dat ze zal toegeven waarom ze zo ongerust was, of zal zeggen dat zij ook op Kyra blijft wachten, dat Kyra niet zomaar uit ons leven verdwenen kan zijn.

In plaats daarvan gaat ze verder met haar deeg. Ze kneedt vastberaden, maar haar bewegingen kunnen niet verhullen dat haar schouders schokken. Of dat er tranen over haar wangen biggelen, een voor een.

In de bakkerij ruikt het naar gist, suiker en kaneel. Het is er heerlijk warm door de hitte van de ovens. Maar het is er niet gezellig. Ik voel me totaal niet op mijn gemak. De sfeer is verstikkend, en ik wil hier weg. Ik wil direct na de dienst weg uit Lost.

Het grootste deel van de bakkerij wordt in beslag genomen door ovens, maar mevrouw Henderson heeft een indrukwekkende werkruimte die open is aan de voorkant. Er is een toonbank met krukken, waar mensen een kop koffie met iets lekkers erbij kunnen drinken. Ik pak een kruk, klim erop en haak mijn voeten om de poten.

'Mevrouw H?' Mijn stem klinkt klein, zelfs in mijn eigen oren. Kennelijk hoort zij het ook, want ze legt de deegbal weg en kijkt me aan. 'Ik heb de tuin gezien. Ik heb de schilderijen gezien.'

'O.'

Hoe konden jullie dit laten gebeuren? De vraag brandt op mijn lippen, maar ik stel in plaats daarvan een andere. 'Wat is er gebeurd?'

'Dat is een lang verhaal.'

'Ik wil het graag horen.'

Ze aarzelt, en ik kan zien dat ze probeert te bedenken hoeveel ze me kan vertellen. Ik wil de waarheid horen, maar kennelijk is dat niet zo'n simpel verzoek.

'Angst,' zegt ze uiteindelijk. 'De mensen waren bang voor Kyra omdat ze zo anders was. Ik kan niet beschrijven hoeveel verdriet me dat deed. Vooral omdat ik zelf soms ook bang voor haar was. Ik begreep haar niet altijd, maar ik wilde dat ze gelukkig was.' Ze steekt een hand omhoog als ik haar in de rede wil vallen. 'Ik ben Kyra pas gaan begrijpen toen ik haar werk begon te begrijpen.'

Ze wijst op een klein doek, een schilderijtje van haar en Kyra, zittend op een gammel bankje bij de warmwaterbronnen. Het was onze speciale pek, maar ik wist dat Kyra haar ouders er graag een keer mee naartoe wilde nemen. Ze wilde hun haar verhalen vertellen. Ze hoopte dat haar ouders haar zouden laten reizen, dat ze zou mogen studeren.

Op het schilderijtje laat Kyra haar moeder een boek zien. Overal om hen heen staan bloeiende prachtframbozen.

'Datzelfde gold voor bijna iedereen in Lost Creek. Toen ze haar eenmaal begrepen…'

'Kyra was iemand met hoop en dromen.' Hoe ik mijn best ook doe om kalm te blijven, er klinkt boosheid in mijn stem.

'Ze hielp de mensen, en ze leerden om niet langer bang voor haar te zijn. Ze was anders, ja, maar op een goede manier. Toen we dat eenmaal begrepen, beseften we dat wij haar konden helpen, beter dan elke buitenstaander.'

'Zoals Rowanne? Zij was therapéút! Kyra had therapie en medicijnen nodig.'

'Terwijl dat niet hielp?' Vanaf het moment dat bij Kyra een stoornis was vastgesteld worstelde ze met medicatie. Ze reageerde er wel op, maar marginaal; de manie werd erdoor gedempt, maar kwam altijd heviger terug. 'Ze was mijn dochter. Ik wilde niets liever dan dat de therapie en medicatie zouden helpen. Ik was er kapot van dat het níet hielp. Toen pas besefte Joe – beseften wé – dat we het van het begin af aan verkeerd hadden gezien.'

'Maar toen ik wegging…'

'We hebben alles geprobeerd,' onderbreekt ze me zacht. 'Ik wou dat je me geloofde.'

Voordat ik wegging, had Kyra het over andere vormen van therapie gehad. Andere mogelijkheden. Toen ik wegging, had ze nog hóóp. Na wat ik in het kuuroord heb gezien, begin ik voorzichtig te beseffen dat ze haar rusteloze energie tegen het einde alleen nog maar kwijt kon door te schilderen.

Het duurt even voordat tot me doordringt wat mevrouw H daarnet zei. 'Wat bedoelt u, dat u het verkeerd hebt gezien?'

'Alle medicijnen die ze heeft geprobeerd onderdrukten haar creativiteit.'

Ik knipper met mijn ogen. Er dringt iets tot me door.

Dit heeft Kyra nooit tegen me gezegd. En Rowanne zou haar nooit uit eigen vrije wil aan haar lot hebben overgelaten. En de peilloze diepte van Kyra's depressies… Ik spring van de kruk en die valt om. 'U onthield haar de medicatie?'

'Daar hebben we heel goed over nagedacht.' Ik draai me om en meneer H staat in de deuropening, nog steeds met hangende schouders. Hij houdt zijn aktetas vast alsof het een reddingsboei is. 'De medicijnen hielpen niet, Corey, dat weet je. Ze had altijd een korte opleving, maar daarna zakte ze nog dieper weg. Die ups en downs waren niet goed voor haar, het was wreed.'

Ik bal mijn vuisten en krijg een rood waas voor ogen. 'De medicatie hielp wél. Misschien niet zo goed als ze wilde, ze genas er niet door, maar ze stond open voor andere mogelijkheden. Ze wilde beter worden, en daar had ze de medicijnen en haar sessies met Rowanne voor nodig.'

'Dan kon ze niet schilderen,' zegt hij.

'Dat wilde ze ook helemaal niet!' Ik wist dat Kyra niet schilderde omdat ze er gelukkig van werd, het was een manier om met haar ziekte om te gaan.

'Maar wij wilden het wel.' Hij loopt naar zijn vrouw, die niet opkijkt. 'Je begrijpt het niet, Corey. Ze bracht licht, en dat hadden we nodig.'

Iedereen zegt het, hij nu ook. *Je hoort hier niet. Buitenstaander. Vreemde.*

Ik wil van pure frustratie tegen de muur slaan. 'Ze was diep ongelukkig.'

Hij schudt zijn hoofd. 'Dat kun je niet weten. Wij begrepen onze dochter. We deden wat het beste voor haar was, voor ons allemaal.'

'U begreep haar absoluut niet. U luisterde niet naar haar. En u luistert nu ook niet naar mij.' Ik weet niet precies wat ik alleen maar denk en wat ik hardop zeg, maar meneer H trekt bleek weg.

Ik doe een stap naar achteren, en hij herstelt zich. 'De dienst begint bijna. Zorg dat je klaar bent. We herdenken haar op de manier die ze verdiende: met respect.'

Telkens dezelfde woorden: begrip, respect, we en ons. Maar woorden krijgen geen betekenis door ze te herhalen. Het kan me niet schelen hoe ze haar willen herdenken. 'Denkt u nou echt...' Ik bijt op mijn tong.

'Zeg maar wat je op je hart hebt, Corey,' zegt hij met geforceerde vriendelijkheid.

'Denkt u nou echt dat ze een herdenkingsdienst belangrijk vond? Denkt u niet dat ze veel liever was blijven leven?'

Hij loopt rood aan, en ik verwacht dat hij tegen me zal uitvaren. Maar na een korte stilte knikt hij grimmig. 'Ik wéét dat mijn dochter deze dienst belangrijk vond. We hebben het er samen over gehad. Ik weet ook dat ze wilde dat jij erbij zou zijn. Maar je aanwezigheid is niet noodzakelijk. We gaan over een halfuur weg.'

Ik zou me schuldig moeten voelen omdat ik zulke gemene dingen tegen hem zeg, maar dat is niet zo. Ik ga telkens door dezelfde cyclus van boosheid en verdriet en schuldgevoelens en gemis. Ik heb heimwee naar een persoon, ik heb heimwee naar Kyra.

Als ik me omdraai en naar de deur loop, hoor ik dat meneer Henderson zijn vrouw probeert te troosten. 'Dit was voorbestemd, dat weet je toch, Lynda? Het is beter zo. Nu heeft ze rust.'

'Ik weet het,' zegt ze met een heel klein stemmetje.

Ik doe de deur achter me dicht, maar het gesprek blijft door mijn hoofd spoken.

In het kleine tuinhuis kijk ik in de spiegel. Ik draag een zwart strapless topje, het enige kledingstuk in mijn garderobe dat nog vaag op een jurkje lijkt, en hoop dat ik er in combinatie met een donkere spijkerbroek en een grijze blazer een beetje netjes uitzie. Kyra zou het niet belangrijk vinden, maar Lost en ik herdenken twee verschillende personen. De Kyra die een week geleden is overleden, is niet de vriendin die ik heb achtergelaten. Maar ik ben ze wel allebei kwijt.

Ik pak mijn toilettas en doe wat foundation en mascara op, zodat ik er voor m'n gevoel iets minder als een geest uitzie. Ik grabbel naar het tasje dat ik heb ingepakt. Mijn handen trillen, en het armbandje glijdt twee keer uit mijn vingers, maar dan heb ik het vast.

Kyra heeft het me gegeven voordat ik wegging. Ik frunnik met het slotje, maar als het armbandje ten slotte om mijn pols hangt voel ik me rustiger. *Ik kan je er verhalen over vertellen,* zei ze toen ze het me gaf.

Dat heeft ze nooit gedaan.

Lost Creek kiest voor roze, dus ik ook: ik draag het armbandje met bloemblaadjes van roze toermalijn dat Kyra voor me heeft gemaakt.

Dit nieuwe Lost lijkt niet echt, maar dit armbandje, dit aandenken aan onze vriendschap, is dat tenminste wél.

Ik kijk weer in de spiegel, en opeens blaast een briesje mijn haar in de war. Ik weet niet waar het vandaan kwam – niet uit een openstaand raam of het ventilatierooster.

Kyra?

Er gaat een huivering langs mijn rug, en mijn hart doet pijn. Ik pak mijn jas. Tijd om naar de dienst te gaan.

OVER DE DODEN NIETS DAN GOEDS

In een ijzige sfeer lopen meneer H en ik naar de school. Misschien moet ik mijn excuses aanbieden. Alleen heb ik geen spijt van wat ik heb gezegd, ik sta er nog steeds achter. Kyra verdiende meer dan dit. Ze verdiende meer dan mensen die haar opeisten, in plaats van haar te accepteren. Nu rouwen ze om haar zonder ooit echt van haar te hebben gehouden. En zelfs als ze wel van haar hebben gehouden – of dat in elk geval dachten – kunnen zeven maanden de littekens van jaren niet uitwissen.

De dienst wordt gehouden in de gymzaal van de school, en het is de eerste keer dat ik terug ben in het gebouw dat vroeger zo groot leek. Dat is het niet. De gymzaal is nauwelijks groter dan de bibliotheek van St. James, maar groot genoeg voor iedereen in Lost Creek.

De Hendersons vormen natuurlijk het middelpunt van de belangstelling. Ik ben omringd door alle mensen die ik ooit heb gekend. De mensen die ik zestien jaar lang als familie beschouwde, meer dan mijn verre familieleden buiten Lost. Mevrouw Morden staat vooraan met Piper te praten, sheriff Flynn is er, met zijn vrouw en zoon Sam. In een hoek zie ik Jan, van de winkel, samen met mevrouw Robinson; hij waakt over de oude dame. Niet ver bij hen vandaan staat dokter Stevens, onze onvolprezen huisarts.

Zelfs Aaron komt binnenschuifelen.

Toen ik me voorstelde hoe het zou zijn om terug te zijn, was het dit: vertrouwde gezichten en glimlachjes, ondanks alles. De vertrouwde gezichten zijn er wel, maar als ik langsloop, trekken mensen zich terug. En ik mis de twee mensen wiens afwezigheid nu weer zo pijnlijk duidelijk wordt. Rowanne, die altijd naar Lost bleef komen om Kyra te helpen, die altijd aardig was voor mij.

En Kyra.

Dan komen meneer Sarin en zijn zoon Roshan binnen.

Iedereen praat op gedempte toon. Het geroezemoes heeft een gevaarlijke ondertoon. Iemand neuriet het wijsje dat ik direct herken, en het raakt me tot op het bot.

Hier en daar vang ik flarden van gesprekken op. 'Jammer dat het gezin is verhuisd. Moet je haar nu eens zien. Een vreemde eend in de bijt. Ze hoort hier niet meer thuis.'

'Ze is weggegaan. Ze had niet terug moeten komen.'

'Ze begrijpt ons niet. Ze begrijpt niet wie Kyra was.'

'Kyra was uitzonderlijk.'

'Ze begrijpt niet wie wij zijn.'

'Die Luke was een aardige knul. Hij had respect voor onze tradities. Hij voelde zich niet te goed voor ons, zoals zijn zus. Maar ja, zij en Kyra… Dat was een heel ander verhaal.'

Ze kijken me kil aan, en ik staar terug. Hun woorden doen pijn, maar ik vertik het om het te laten merken.

Ik verlang naar Kyra's glimlach. Geleidelijk baan ik me een weg naar voren, waar ik bloemen en foto's hoop te vinden op het podium. Maar als de mensen plaats voor me maken, heb ik er meteen spijt van.

Kyra is er wél. Niet in levenden lijve natuurlijk, maar in haar werk. Het geïmproviseerde podium staat vol met schilderijen, schetsen en foto's van schilderijen die bij mensen thuis hangen. Een kleurrijke weergave van Lost Creek, vrolijker en gelukkiger dan ik het ooit heb gezien. De warmwaterbronnen in een zee van bloemen. De mijn in bedrijf, want blijkbaar is dat iets positiefs, ondanks de vervuiling. Een felle vallende ster tegen een donkere hemel. Ik blijf naar het werk kijken. Het past niet bij de verzameling. Een supernova zou toepasselijker zijn geweest. Of een zwart gat.

Maar het pièce de résistance is natuurlijk het schilderij dat in de woonkamer van haar ouders stond, de aankondiging van haar eigen dood.

Ze heeft rust. Haar tijd was gekomen. De stemmen om me heen gonzen in mijn oren.

Withete woede gaat door me heen. Ze heeft rúst? Ze was zéventien! Wat ze ook probeerde, ze kon geen rust vinden in Lost. Júíst niet in Lost, wat iedereen ook beweert. En het was niet haar tijd om dood te gaan, het was haar tijd om te léven.

Iemand had hulp voor haar moeten zoeken toen ze zichzelf onder het ijs schilderde. Iemand had haar dood moeten voorkomen.

Ik voel een hand op mijn schouder en schrik.

'Het lijkt wel alsof ze danst tussen de sterren, vind je niet?' zegt Piper.

'Het is een karikatuur. Het is doodeng.'

'Ze was gelukkig, de laatste maanden.'

'Waarom zegt iedereen dat de hele tijd?' sis ik zacht. 'Waarom zou je uit het leven willen stappen als je gelukkig bent?'

'Omdat ze zichzelf een doel had gesteld en dat had bereikt. Weet je dan niet meer dat ze de wereld wilde verbeteren? Ze heeft ónze wereld verbeterd. Dankzij haar is Lost veranderd.' Haar blik gaat over de menigte. 'Meer kan een mens toch niet wensen?'

'Ze had hulp nodig, geen doel. Ze had vrienden nodig.'

'En toch heb jij haar in de steek gelaten.'

In een opwelling geef ik haar een klap. Om me heen klinken geschokte kreten, maar ik besteed er geen aandacht aan. Ik blijf Piper strak aankijken. Ze schudt alleen haar hoofd, alsof ze teleurgesteld is.

'Ik heb haar zestien jaar lang vrijwel elke dag gezien!' tier ik.

'Maar wij waren er toen het wérkelijk van belang was.'

'Vertel mij wat over vriendschap,' snauw ik. 'Ik was haar vriendin.'

'Wás, ja,' geeft ze toe. 'Met de nadruk op "was".'

Sheriff Flynn loopt naar de microfoon en schraapt zijn keel. Hij verzoekt iedereen om te gaan zitten. Kyra's ouders zitten vanzelfsprekend vooraan in het midden, met meneer Sarin en Roshan, kennelijk eregasten, naast hen. De Flynns zitten aan de andere kant, en aan de overkant van het gangpad zitten mevrouw Morden, haar zoon en haar kleinkinderen Piper en Tobias. Alle anderen zitten op de rijen stoelen achter hen, zodat de gymzaal er toch een beetje uitziet als een kerk.

Ik ga niet zitten en leun helemaal achteraan tegen de muur. Ik kan het niet aan om tussen al die mensen in te zitten. Ik denk aan wat ik laatst in het café tegen Piper en Roshan heb gezegd. *Over de doden niets dan goeds,* zei ze tegen mij, en toen dacht ik nog dat ze dat letterlijk bedoelde. Nu pas besef ik dat het meer dan beleefdheid was; het is een geloof.

Sheriff Flynn legt het verloop van de dienst uit. Er zijn sprekers, met de Hendersons als laatsten. Na het formele gedeelte van de dienst is er een informele receptie en kunnen we herinneringen ophalen aan Kyra. Haar moeder heeft er speciaal koekjes voor gebakken.

Mevrouw Morden stapt op het spreekgestoelte en buigt de microfoon omlaag. Iedereen gaat rechtop zitten.

'We hebben God nooit gevonden,' begint ze, 'maar Kyra gelukkig wel.'

WE HOEVEN GEEN AFSCHEID TE NEMEN

Int. Lost School-Gymzaal-Dag

Een gymzaal met rijen stoelen. Er zijn tweehonderd mensen, misschien wel meer. Het hele dorp, beweren sommigen.

Mevrouw Morden, beheerder van het postkantoor, voorname weduwe, roddelaarster par excellence, staat op het spreekgestoelte. Bijna eerbiedig raakt ze de roze bloem die ze heeft opgespeld aan.

Mevrouw Morden:
'Vertel me een verhaal.' Met deze woorden begon onze Kyra elk gesprek. 'Vertel me een verhaal over Lost, over de mensen die je kent, over de eindeloze sneeuw om ons heen. Vertel me een verhaal, en ik zal het voor je schilderen.' Ze gaf ons een verleden dat we waren vergeten en een toekomst die we nog niet konden zien. Zij zag wat was en wat ging komen tegelijkertijd. 'Vertel me een verhaal,' zei ze, en dan zeiden wij:

Publiek:
We doen wat je vraagt.

Het publiek houdt een collectieve stilte om hun woorden door de zaal te laten weergalmen, hun hand op de roze bloem die ze allemaal dragen.

Mevrouw Morden:
Veel te lang hebben we Kyra niet begrepen. We weten allemaal hoe moeilijk het kon zijn om contact met haar te maken en werkelijk te horen wat ze zei. Maar toen we haar werk eenmaal begrepen, konden we haar leren kennen en haar boodschappen horen. We gingen begrijpen hoeveel ze hield van de gemeenschap die we hier hebben opgebouwd.

Corey bijt op haar tong.

Mevrouw Morden:
Soms vraag ik me af, en ik weet dat ik niet de enige ben, wat er zou zijn gebeurd als we haar eerder hadden gehoord. Haar werk gaf zin aan haar leven, maar ze is te kort bij ons geweest, een heldere ster die opbrandde.

Stel nou dat we vanaf het begin hadden begrepen wat ze probeerde te zeggen? Dat we haar hadden erkend?

Maar Kyra heeft ons geleerd dat we het verleden niet kunnen veranderen. We moeten naar de toekomst kijken. Het leven is wat het is…

Publiek:
Het zij zo.

Mevrouw Morden:
Het is een troost om te weten dat we een tijdje voor haar hebben gezorgd. We gaven haar de materialen om te schilderen en alles wat ze nodig had om haar creativiteit te ontplooien. Ze is thuisgekomen, bij ons, wij waren haar familie. Ze gaf kleur aan onze grijze wereld. Ze verbond ons met elkaar.

We hoeven geen afscheid te nemen. Kyra is

altijd dichtbij. Ze leeft voort in haar werk, en haar hart blijft hier, in het dorp dat ze achterliet. We vergeten haar nooit. Het is wat het is…

Publiek:
Het zij zo.

Mevrouw Morden:
'Vertel me een verhaal,' zei Kyra, en dan zeiden wij:

Publiek:
We doen wat je vraagt.

HERDENKEN

Halverwege de dienst is er een korte onderbreking. Afgezien van mevrouw Morden zijn de sprekers allemaal mensen die ik nooit met Kyra samen heb gezien. Ik heb het er steeds moeilijker mee dat ik niets kan zeggen, dat ik gedwongen meedoe aan deze dans zonder de passen te kennen.

Tot mijn ergernis duikt Piper weer naast me op.

'Niet slaan.' Ze steekt haar handen in de lucht. 'Ik kom sorry zeggen.'

Ik frons mijn wenkbrauwen. Denkt ze echt dat het zomaar weer goed is?

'Nee,' zegt ze, alsof ik de vraag hardop heb gesteld – misschien is dat wel zo. 'Ik denk niet dat het zomaar weer goed is. Maar ik heb je altijd als vriendin gezien. Jij was Kyra's vriendin. Ik heb me daarnet lomp gedragen, en dat spijt me.'

Piper lijkt het echt te menen, wat het moeilijk maakt om boos te blijven. Maar toch. 'Ja, je was lomp. En je denkt misschien dat ik haar in de steek heb gelaten, maar Kyra was alles voor me. Is het nou zo moeilijk om dat te aanvaarden?'

Ze houdt haar hoofd schuin. 'Nee. Maar is het op jouw beurt nou zo moeilijk om te aanvaarden dat we oprecht om Kyra gaven?'

'Ja. Ja, dat is het.' Ik begin te geloven dat de mensen in Lost Creek alleen maar dáchten dat ze om Kyra gaven. Ik begin te denken dat ze alleen maar dáchten dat ze voor haar zorgden. Ik denk zelfs dat het misschien goed bedoeld was.

Maar goede bedoelingen alleen zijn niet genoeg.

De dienst gaat verder, een toneelstukje, geen herdenking. Bijna iedereen uit het dorp spreekt een paar woorden. Mensen die haar met de nek aankeken als ze door het dorp liep, die deden alsof ze onzichtbaar was. Mensen die wilden dat ze opgenomen zou worden. Allemaal beweren ze dat ze haar hebben gekend en om haar gaven.

Misschien zou Kyra het grappig hebben gevonden. Het is alsof ze het over een wereldberoemde kunstenaar hebben, een minstreel, een goddelijk wezen.

Ja, ze wilde de wereld verbeteren. Ze wilde avonturen beleven, ze wilde verkennen, verhalen verzamelen. Ze wilde groots en meeslepend leven. Ze wilde reizen, als ze tenminste de juiste combinatie van therapie en medicatie kon vinden. Ze wilde ontdekken wie ze kon zijn buiten de grenzen van Lost.

Na onze kus, nadat we dagenlang hadden gepraat en niet gepraat en toch weer gepraat, verschanste ze zich in de schoolbibliotheek, de enige plaats met betrouwbaar internet. Ze wilde ons begrijpen, zei ze, en ze kwam tevoorschijn met een hele lijst termen en begrippen. Het was voor het eerst dat ik het woord 'aseksueel' hoorde, en ik kon me vinden in de beschrijving.

Voor zichzelf claimde Kyra 'panseksueel', en dat paste bij haar. 'Ik wil mijn liefde niet beperken,' vertelde ze me. 'Ik wil gewoon beminnen.'

Dit was Kyra's verhaal. Ze was er nog maar net aan begonnen.

Al die sprekers bij elkaar zijn ontzettend lang aan het woord. Omdat we in de winter maar een paar uur daglicht hebben, is het een ongeschreven regel om die ten volle te benutten. Vandaag heeft niemand er oog voor. Het wordt alweer donker.

'Begrijp je het nu?' fluisteren de mensen om me heen, en het enige wat ik begrijp, is dat ze mij willen laten geloven in de wereld zoals zij die zien. Maar ik kan het niet, want het is een wereld zonder mijn beste vriendin.

Ik kan het niet geloven. En ik wil het niet. Ik loop door het gangpad.

Ik moet haar verhaal vertellen, voor háár. Ik herdenk haar op mijn manier.

DIENST, ONDERBROKEN

Int. Lost School-Gymzaal-Schemering

Corey loopt met grote stappen door het middenpad naar voren. Vanaf het spreekgestoelte kijkt ze met fonkelende ogen naar het publiek.

Corey (niet zo luid dat iedereen haar kan verstaan, maar wel luid genoeg):
Ik wil jullie een verhaal vertellen.

Ik wil jullie het verhaal vertellen van een meisje dat in een verlaten kuuroord woonde. Ze riep om hulp, maar die kreeg ze niet. Ik wil jullie vertellen hoe ze aan haar eind is gekomen.

Publiek:
(Doodse stilte.)

Corey:
Kyra was mijn beste vriendin.

Aaron schuift heen en weer op zijn stoel als hij de onrust om zich heen ziet. Hij volgt Coreys scenario, niet dat van de dorpelingen, gaat staan en loopt naar Corey toe.

Aaron (tegen Corey):
Ga maar.

Zacht maar beslist legt Aaron een hand op Coreys schouder en hij duwt haar bij de microfoon vandaan. De uitdrukking op zijn gezicht is gespannen. Corey struikelt, loopt dan weg van het podium en langs de muur naar achteren. Als Aaron begin te spreken, let niemand meer op haar.

Aaron (tegen de menigte, luid):
Kyra was een lieve meid. Ze was geen messias. Ze was eenzaam en ze was ziek. Ze had meer nodig dan het eten dat jullie haar brachten. Ze had hulp nodig. Ze had hoop nodig. Ze had men-

sen nodig die om háár gaven, niet om haar werk. Haar werk was niet het belangrijkste aspect van haar wezen. Ze had een kans nodig. Ze had niet hoeven sterven. Dit was niet haar verhaal.

Aaron kijkt heimelijk naar Corey, draait zich dan om naar het schilderij van Kyra's dood.

Sheriff Flynn en meneer Henderson komen overeind en lopen volmaakt synchroon naar het podium. Mevrouw Henderson snikt in de stille zaal.

Aaron (tegen mevrouw Henderson):
Dit is geen viering. Ze was geen ster, en ze was niet opgebrand. Ze was een lieve meid, en ze had beter verdiend.

Aaron stapt van het podium, waardig maar vastberaden, en loopt de zaal uit.

Er breekt chaos uit. Sheriff Flynn vloekt en mevrouw Henderson wankelt. Piper snelt naar voren om haar te ondersteunen. Meneer Henderson staart naar de deur waar Aaron door is verdwenen, zijn uitdrukking peinzend en kil. Het publiek fluistert beschuldigingen, en er zijn meer tranen.

Met gebogen hoofd schuifelt Corey naar de deur, en ze pakt haar jas van een tafel die tegen de muur staat. Niemand houdt haar tegen als ze wegvlucht, de kou in.

DE DUISTERNIS VALT

'Aaron!'

Mijn stem weergalmt tussen de lege huizen. Het daglicht is verdwenen terwijl we binnen waren, en ik zie Aaron nergens. Ik kijk of ik zijn voetafdrukken kan zien, maar de sneeuw is vertrapt en smerig. Hiervandaan is het een makkelijke wandeling door het bos naar het kuuroord. Als ik hem was, zou ik niet teruggaan naar Lost. Ik zou naar huis gaan.

Ik rits mijn parka dicht en zet er flink de pas in. Als het eenmaal echt donker is, wordt het te gevaarlijk om in mijn eentje door het bos te lopen, maar Aaron is de enige die me kan vertellen wat ik wil weten. Hij liet doorschemeren dat het dorp Kyra's dood heeft veroorzaakt.

'Aaron!' roep ik nog een keer als ik bij de bosrand ben, maar ik hoor alleen stilte. Dat is nog griezeliger. Het hoort niet stil te zijn in het bos, zelfs niet in de winter. Stilte is een teken van gevaar, van loerende roofdieren – dat leren we al heel jong.

'Aaron!'

Niets.

Ik loop verder over het pad. Ik ken het goed – Kyra heeft me zo vaak meegesleept door het bos – en ik vind bijna intuïtief de weg. Intussen valt de duisternis heel snel, en met elke stap die ik dieper in het bos zet, heb ik het gevoel dat ik mijn veiligheid verder achter me laat. Dit is een van de weinige plaatsen in Lost waar het pikdonker wordt zodra de zon onder is. En dan komen de wolven tevoorschijn.

Ik weet dat ik beter terug kan gaan. Ik heb geen wapens, geen zaklantaarn, zelfs geen telefoon die ik als zaklantaarn kan gebruiken.

Ik loop door. Aaron leek van slag. Als hij me vertelt wat ik wil weten, kan ik naar huis.

De bomen komen op me af. De stilte blijft, totdat de wind aanwakkert. Het is een spookachtig geluid, de wind door de bomen, en even benauwend als de stilte. Toch hoor ik geen bladeren of droge naaldjes ritselen. In plaats daarvan hoor ik hetzelfde wijsje, het gaat maar door. De hele tijd.

Endless day, endless night.
Come to set your heart alight.
Endless night, endless day.
Come to steal your soul away.
Endless day, endless night…

Het laatste beetje licht flakkert, en er schuift een schaduw over de mijne. Er beweegt iets naast het pad. Ik onderdruk een kreet en spring opzij. Een hand? Een arm? Mijn hart klopt in mijn keel.

Een tak, doodgewoon een tak.

Dan zie ik de ogen.

De ogen van een uil. Dan de ogen van een kat.

Gele ogen.

Menselijke ogen.

Het zijn lichtgevende stipjes in het donker.

De uil knippert met zijn ogen, langzaam. Al het andere – wie of wat het ook is – staart.

De wind neuriet Kyra's wijsje, en overal waar ik kijk zie ik ogen. Ze kijken naar me. Ze kijken en wachten.

Alleen weet ik niet waarop ze wachten.

Dan komen ze, alsof ze een teken hebben gehad dat ik niet kan zien of horen, dichterbij, langzaam maar gestaag. De lichtjes – de ogen – versperren mijn weg naar het kuuroord. Ze omringen me.

'Aaron?' Mijn stem klinkt schor en breekt.

Wat er ook op het ijs is gebeurd, Kyra zou niet willen dat ik doodga in dit bos. De ogen komen van alle kanten op me af. Ik verstijf, maar dan zet ik het op een lopen.

EEN RUGZAK VOL

Als ik terugkom bij de Hendersons is het huis nog steeds donker en leeg. Mij best. Ik wil ze toch niet zien. Ik wil helemaal niemand zien. Ik wil weg.

Ik heb mijn rugzak nooit helemaal uitgepakt, dus de weinige spullen weer inpakken gaat snel. Het is nu te laat om mijn terugreis naar Fairbanks te regelen, maar morgenochtend, als ik goed bereik heb, bel ik de luchtvaartmaatschappij om mijn vlucht te verzetten. Ik ben naar de herdenkingsdienst geweest, meer kan ik niet doen.

Ga niet weg, schreef ze op de muren van haar kamer.

He spijt me, Kyra. Misschien ben ik echt een buitenstaander, zoals iedereen zegt; ik verlang naar het gele licht van de grote stad. Ik verlang naar de slaapzaal op St. James. Ik verlang naar een duidelijke grens tussen het aardse en het bovenaardse.

Ik laat hier een stukje van mezelf achter. Waar ik straks ook ben, zelfs al is Lost niet langer mijn thuis, ik ben en blijf een Alaskaan. Ik woon hier niet meer, maar dit landschap heeft me gemaakt tot wie ik ben.

Ik doe Kyra's aantekeningen en schetsen in mijn rugzak, en ook de sjaal die ik haar ooit heb gegeven. Die dingen kon ik niet in het kuuroord laten liggen, ze zijn te persoonlijk. Ik neem alles mee, ik neem Kyra mee. Als aandenken.

Iemand moet haar verhaal vertellen, daar heeft ze recht op. Het verhaal van een meisje dat in helden geloofde en er zelf een wilde zijn. Het meisje dat verhalen zag in de wereld om haar heen. Een heel dorp raakte in de ban, een heel dorp begon haar verhalen te geloven.

WAAR ROOK IS, IS VUUR

Mijn ogen branden. Ik til mijn armen op die zwaar zijn van de slaap en wrijf in mijn ogen. Ik knipper.

Mijn keel brandt. Ik probeer te slikken en moet hoesten. Ik blijf hoesten.

Ik zuig lucht in mijn longen, maar die is scherp. Rook. Ik kan niet meer denken. Róók.

Ik ben omhuld door inktzwarte duisternis. Ik wil mijn telefoon pakken, maar die kan ik niet vinden. Een spoor van vlammen verspreidt zich over het plafond vanuit Kyra's kamer, door de nu openstaande deur.

Ik krijg geen lucht.

Het hele tuinhuis staat in brand. Met mij erin.

DE SMAAK VAN AS

Ik moet naar buiten.

Ik ga staan en wankel onder het gewicht van de hete lucht. Mijn gezicht voelt alsof het verbrandt. Ik moet naar buiten. Ik moet rustig blijven en weg zien te komen. Als het niet door de deur kan, dan door het raam.

Ik houd mijn adem in tegen de rook en probeer het raam open te schuiven. Het zit vast. Weer een hoestaanval. Ik pak de stoel en smijt die tegen het raam. De ruit verbrijzelt, maar er blijven gemene glasscherven achter in het kozijn.

Mijn keel wordt dichtgeknepen en mijn ogen branden.

Ik pak mijn rugzak en ram ermee tegen het raam om zoveel mogelijk glasscherven weg te breken. Door de verzengende hitte ben ik me optimaal bewust van wat me te doen staat. Ik snijd mezelf nog liever open aan gebroken glas dan dat ik levend verbrand. *Zoals een heks,* zei Kyra ooit.

De koude lucht die opeens naar binnen waait slaat me in mijn gezicht, maar het voelt alsof de vlammen naar me toe kruipen, langs de achterkant van mijn benen naar mijn rug, dus duik ik naar voren, met mijn rugzak als schild.

Ik laat me naar buiten vallen.

De sneeuw en de kou in de tuin zijn zo welkom. Ik heb mijn hand en scheenbeen opengehaald, maar ik ben buiten. Ik snak naar lucht. Ademen doet pijn. Mijn keel is rauw van de rook en het gillen. Alles doet pijn.

Kyra's huisje brandt voor mijn ogen af. Het was een plek vol herinneringen en geluk. Hier maakten we plannen, hier droomden we. Hier hebben we bergen huiswerk gemaakt. Hier waren we samen. *We waren samen.* En nu gaat dat allemaal in vlammen op. Ik ben haar kwijt, en nu raak ik dit ook nog kwijt.

Ik wankel bij het huisje vandaan en zak tegen mijn rugzak in elkaar, vreemd genoeg opgelucht dat ik mijn kleren bij me heb. Op school hebben we eens in de zoveel tijd een brandoefening, en dan leer je dat je kleren en jassen en andere spullen achter moet laten. Maar ik omklem de weinige vertrouwde spullen die ik nog heb.

Ik voel een nieuwe hoestbui opkomen. Ik zou wel om hulp willen roepen, maar alles doet pijn. Bovendien hebben we geen echte brandweer in het dorp. Wat zou iemand kunnen doen? Een blusapparaat of een geïmproviseerde brigade is niet opgewassen tegen deze brand. Maar op momenten als deze zijn de mensen er voor elkaar. Solidariteit staat voorop, zelfs als er geen hoop is.

Ze kunnen elk moment hier zijn, houd ik mezelf voor.

Alles tolt om me heen en ik doe mijn ogen dicht. Ik zuig lucht in mijn longen en hoop dat de kou de pijn zal verdoven.

Het blijft donker en stil in het huis van de Hendersons. Ik probeer te schreeuwen, maar ik kan het niet. Ik probeer te gaan staan om weg te rennen, maar ik kan het niet. Ik wil huilen, maar ik kan het niet.

De enige beweging die ik zie, zijn de vlammen die aan het dak likken. Verder niets.

Pas als ik eindelijk met veel moeite overeind krabbel, zie ik de groep mensen in de tuin aan de zijkant van het huis. Lost is er wel. De mensen kijken. Wachten. Zwijgend.

Vooraan staat meneer Henderson. Hij kijkt naar me, maar steekt geen poot uit. Hij maakt geen aanstalten om me te komen helpen. Hij doet helemaal niets.

Hij houdt Kyra's sjaal in zijn handen. De sjaal die in mijn rugzak zat.

DE VIERDE DAG

HOE NU VERDER?

Ik kan net zo goed een geest zijn, want niemand besteedt aandacht aan me. Niemand helpt me, niemand probeert me tegen te houden als ik weg strompel uit de tuin. Het is alsof ik niet meer besta. Ik kan niet in dit dorp blijven.

Versuft loop ik over straat. In het bos is het 's nachts niet veilig, zelfs niet als je op het pad blijft, maar in Lost ben ik ook niet meer veilig. Ik heb een schuilplaats nodig. *Het is wat het is.*

Ik hoest en het voelt alsof ik vloeibaar vuur inadem.

Ik weet niet hoeveel tijd er verstrijkt. Ik weet zelfs niet óf de tijd verstrijkt, of dat de wereld zonder mij beweegt, maar uiteindelijk bereik ik het kuuroord en wankel ik naar binnen. Maanlicht schijnt door de hoge ramen, maar de lounge is in duisternis gehuld. Ik heb nog steeds geen zaklamp. Mijn telefoon is achtergebleven. Ik dacht altijd dat ik het hotel zo goed kende dat ik er zelfs geblinddoekt de weg zou kunnen vinden, maar het blijkt lastig te zijn om in het donker de weg te vinden.

Op de tast vind ik de trap, en ik strompel naar boven. Ik ril als een gek.

Boven in de gang wil ik naar Kyra's kamer lopen, maar daar kan ik niet slapen. Niet vannacht.

Mijn voetstappen weergalmen in de leegte. Het gebouw ademt om me heen, maar ik houd mijn adem in. Een zucht strijkt langs mijn nek.

Ik huiver. 'Wie is daar?'

De houten vloer kraakt, maar ik zie niemand. Ik ga met mijn hand langs de muur totdat ik een deurpost voel. De eerste deur gaat niet open. De tweede deur ook niet. Ik wil niet weten wat ik in die kamers zou vinden. De derde deur gaat wel open. Ik snik bijna van opluchting als ik een raam zie en het maanlicht dat naar binnen schijnt. Het is niet veel, maar wel genoeg. In een hoek staat een oud bed.

Het kan me zelfs niet schelen dat ik geen dekens heb. Ik denk toch niet dat ik kan slapen, en ik kruip weg in mijn parka om warm te blijven.

Ik ga op het bed liggen met mijn rugzak in mijn armen. Ik staar de donkere gang in. Ik durf de deur niet dicht te doen uit angst dat ik mezelf opsluit, maar de gapende leegte werkt op mijn zenuwen. Ik ben ervan overtuigd dat er iemand op zal doemen uit de duisternis zodra ik wegkijk.

Voelde Kyra dit ook toen ze hier woonde?

Ik moet denken aan de woorden op de muren van haar kamer. *Ze kijken naar me. De schaduwen, Corey. Ze kijken altijd.*

Ik dacht dat ze de schaduwen in het gebouw bedoelde, de spoken. Het is nooit bij me opgekomen dat 'ze' echte mensen konden zijn. Maar als ze mensen bedoelde, wie waren dat dan? Haar ouders? Mensen met verzoeken? Heel Lost?

Lost stond erbij en zou me hebben laten verbranden. Hebben ze ook toegekeken toen Kyra doodging, zonder iets te doen?

Briefje van Kyra aan Corey

Niet verstuurd

Het begon zo onschuldig: een schilderijtje van je broer en een gewonde vogel. Ik denk tenminste dat het daarmee is begonnen. Ik weet niet meer wie het als eerste magisch noemde.

Heb je het nog?

Ik weet dat je het mooi vond, maar ik wou dat je het me weg had laten gooien.

Dit is niet mijn verhaal.

ARCTISCHE SCHEMERING

De nacht verstrijkt heel langzaam. Ergens in de kleine uurtjes ben ik zo moe dat ik in slaap val, met de rugzak nog steeds in mijn armen. Ik droom van vuur en hitte, maar ik word wakker in een ijskoude kamer. De schaduwen moeten nog oplossen, en telkens als ik wegkijk van de deur voel ik het duister dichterbij komen. Het is alsof de muren ogen hebben. *Ze kijken altijd,* schreef Kyra.

Ik vond het altijd fantastisch dat Lost zo geïsoleerd lag, omringd door uitgestrekte natuur. Het dwong ons om onafhankelijk te zijn; we waren volledig op onszelf aangewezen. Dat dacht ik tenminste.

Nu verlang ik alleen maar naar gezelschap.

Ik wil dat Kyra bij me is, tegen me zegt: *De schaduwen kunnen je geen kwaad doen. Wees maar niet bang.* Zij was de verhalenverteller van ons tweeën. Ik kan alleen nachtmerries weven.

Ze zou me plagen, me aan het lachen maken om mijn angst te verdrijven. Ze zou bij me blijven nu ik te bang ben om me te verroeren. Ze zou me de kracht geven om hier weg te gaan.

Ik mis haar. En ik wil naar huis.

Buiten wordt het donkere blauw van de schemering lichter.

Ik trek schone kleren aan – hoewel alles naar rook ruikt – en ga in de lounge in een leunstoel zitten. Ik heb mueslirepen in mijn rugzak. Ik heb Kyra's kacheltje. Ik kan ademen.

Ik ben niet alleen. Ik ben omringd door Kyra's schilderijen en tekeningen, en ik kan er geen genoeg van krijgen om ze te bekijken. Het zijn bijna allemaal afbeeldingen die me niets zeggen, van het privéleven van de mensen in Lost. Ze heeft ook momenten vastgelegd die ik zelf heb meegemaakt. Kyra en ik, een keer toen we naakt gingen zwemmen in het meer. Twee kleine meisjes die vissen, zittend naast elkaar, de armen om elkaar heen geslagen. En ook een zelfportret, Kyra die op dezelfde stoel zit als ik nu, met overal schilderijen om zich heen.

Ik houd het schetsboek dicht tegen me aan.

De eerste pioniers in Lost stonden machteloos tegenover de winter en de vorst die bezit nam van hun land, vertelde Kyra ooit. *En hoe ze hun best ook deden, ze konden niet ontkomen aan hun lot... of aan Lost.*

Ik dacht altijd dat dat twee verschillende dingen waren, maar nu besef ik dat Kyra gelijk had – het lot of Lost komt eigenlijk op hetzelfde neer.

ZWEMMEN IN HET DONKER

DRIE JAAR EERDER

We sliepen dicht tegen elkaar aan in haar bed. Of liever gezegd, zij lag wakker terwijl ik sliep. Ver na middernacht bewoog de matras toen ze over me heen klom en opstond. Ik dacht er niet over na en begon alweer in te dommelen, toen ik de deur open en weer dicht hoorde gaan. *Waar gaat Kyra naartoe?*

Ik pakte mijn jas, trok mijn schoenen aan en ging achter haar aan.

Het ijs op de rivier was een paar weken daarvoor gebroken, maar er lag nog steeds sneeuw, dus kon ik haar voetafdrukken makkelijk volgen. Dat was de eerste aanwijzing dat er iets mis was – zo te zien droeg ze geen schoenen.

Ik begon te rennen, maar ze had een voorsprong. En tegen de tijd dat ik bij het meer kwam, waadde zij al door het water.

'Kyra!' schreeuwde ik. En nog een keer: 'Help!'

Ze stond tot aan haar middel in het water. Ze draaide zich niet om, reageerde helemaal niet.

Ik deed mijn jas uit en liep behoedzaam haar kant op. Het ondiepe water aan de rand van het meer was nog bevroren. Het ijs kraakte onder mijn gewicht, en het water dat erop stond was ijskoud.

Ik riep weer, maar Kyra was al in het diepe. Ze liet zichzelf drijven tussen de ijsschotsen. 'Ik heb zin om te zwemmen, Cor,' riep ze.

'Kom terug! Zo ga je dood!'

Ik waadde verder. Tentakels van kou sloten zich rond mijn kuiten, en ik begon te klappertanden. Ik krijg haar niet op tijd uit het water, dacht ik in paniek. Ik krijg haar niet op tijd uit het water!

Ik had hulp nodig. En ik wilde haar niet alleen laten. Maar het moest.

Ik liep terug naar de oever, raapte mijn jas op uit de sneeuw en rende naar het dichtstbijzijnde huis om alarm te slaan.

Tegen de tijd dat Kyra's vader, sheriff Flynn en mijn moeder Kyra uit het water hadden gehaald, was ze tot op het bot verkleumd en bijna bewusteloos. Ernstige onderkoeling. Dokter Stevens liet haar met een vliegtuig ophalen uit Fairbanks. Kyra was bijna dood geweest omdat ze zin had om te gaan zwemmen, en ik had haar niet tegen kunnen houden.

Het was de eerste keer dat iemand het woord 'manisch' gebruikte.

Die zomer ging Kyra wandelen in het bos en was ze drie dagen onvindbaar. Het hele dorp werd gemobiliseerd om het bos uit te kammen. Toen we haar uiteindelijk vonden, zat ze onder het vuil en had ze een diepe wond in haar arm.

Ze viel ook een keer van het dak van het hotel toen ze probeerde te vliegen. Ze brak haar enkel en haar sleutelbeen.

En ik kon niets doen.

Kyra's heldendagen waren niet altijd heldhaftig. Haar highs gaven haar een boost, maar konden net zo schadelijk zijn als haar depressieve momenten. Ook dan raakte ze zichzelf kwijt, en het duurde veel te lang voordat ik dat inzag.

'Misschien verlang ik daarom naar verhalen,' bekende ze toen ze na de eerste kuur moest stoppen met de medicijnen. De bijwerkingen waren ernstig, en echt opgeknapt was ze niet. Ze had last gehad van geheugenverlies en was doorlopend misselijk. 'Verhalen maken me ervan bewust dat er helden en mogelijkheden bestaan. Verhalen maken me ervan bewust dat ik niet de enige ben met dit probleem. Met verhalen voel ik me minder alleen.'

GETUIGEN

Als ik voor de tweede keer wakker word, zie ik door mijn oogleden heen een rode gloed. Langzaam doe ik mijn ogen open, en ik schrik, krijg direct kippenvel. Een zaklamp. Mijn hart bonst, maar ik ben te bang om te gillen.

Dan gaat de luchtbundel omlaag. Sheriff Flynn staat niet ver bij me vandaan, de zaklamp in zijn ene hand, een papieren zakje en een thermosfles in de andere. Er glijdt een uitdrukking over zijn gezicht die ik niet kan peilen. Is hij opgelucht of teleurgesteld nu hij ziet dat ik ongedeerd ben?

Mijn eerste gedachte is dat ik weg moet vluchten, maar waarheen? Hij staat tussen mij en de deur in, en ik zie de glinstering van het vuurwapen in het holster op zijn heup als hij de zaklamp neerlegt op een tafeltje.

'Corey,' zegt hij vriendelijk.

Het is de stem van de sheriff Flynn als hij kwam kijken of alles in orde was met Luke en mij wanneer mijn moeder weg was voor haar werk. Van de man die mijn moeders steun en toeverlaat was nadat mijn vader vijf jaar geleden de benen nam. Maar intussen heeft Lost me bedreigd, en is hij onlosmakelijk met het dorp verbonden.

'Corey,' zegt hij nog een keer.

Ik trek mijn sweater dichter om me heen. 'Wat wilt u van me?'

'Ik wil graag met je praten over wat er gisteravond is gebeurd. Mag ik?' Hij gebaart naar de andere leunstoel.

Ik knik, want ik kan moeilijk weigeren. Sheriff Flynn ziet eruit alsof hij ook bijna niet heeft geslapen. In dit slaperige dorp komt het zelden voor dat een misdrijf hem uit zijn slaap houdt – af en toe een dronkelap, af en toe een beer, dan heb je het wel gehad. Kyra's manieën, ook een reden om uit bed te komen, behoren tot het verleden.

'Waarom bent u hier?' Ik probeer rustig te klinken, maar mijn stem kraakt.

Hij schuift een bijzettafeltje tussen ons in en zet het zakje erop, haalt er beboterde broodjes in papieren servetjes uit. De geur van versgebakken brood hangt in de vochtige lucht.

Mijn maag knort.

'We brachten hier vaker eten, we zijn het gewend.' Hij glimlacht naar me, maar die paar woorden bederven mijn eetlust. Toch moet ik echt iets eten, zo slap voel ik me.

Ik bijt op mijn lip. 'Wat is er vannacht gebeurd, sheriff?'

'Dat kom ik jou nou juist vragen. Hoe is het met je, Corey?'

Ik pak een broodje en breek kleine stukjes van de korst om op te kauwen. 'Ik ben bang.'

Hij pakt een blocnote en schrijft iets op. Hoezo, empathie? Hij is hier voor zijn werk. 'Heb je pijn?'

'Ik heb geen brandwonden, maar ik heb een hoop rook ingeademd.' Alsof mijn longen het willen bewijzen, begin ik weer te hoesten. De herinnering aan de brand, dat ik geen lucht kon krijgen, is bijna even heftig als de benauwdheid nu. 'Moet ik naar een dokter?'

'Je had gisteravond al onderzocht moeten worden, maar je was verdwenen voordat dokter Stevens ter plaatse was.'

De sheriff klinkt verontschuldigend, maar wat hij zegt is absurd. Dokter Stevens had makkelijk naar me toe kunnen komen. Ze hadden toch wel kunnen raden waar ik was? Toch knik ik, want ademhalen doet nog steeds pijn, en ik ben te moe om te protesteren.

'Ze wil je graag onderzoeken. Als wij klaar zijn loop ik wel even met je mee.'

'Wat is er met Kyra's huisje gebeurd?'

'De brand is bedwongen en niet overgeslagen naar het huis of de gebouwen ernaast. Het tuinhuis is helaas compleet verwoest.' Zijn woorden klinken kil. Gevoelloos.

'Ik was in het huisje. Ik had dóód kunnen zijn.' Nu ik het hardop zeg, gaan mijn handen zo erg trillen dat ik er vuisten van moet maken om ze stil te krijgen. Mijn geschramde handpalm doet pijn.

Hij kijkt zelfs niet op van zijn aantekeningen.

'Weet u hoe de brand is ontstaan?' vraag ik. Eerst is het huis waar ik vroeger woonde afgebrand, nu mijn tweede thuis. Was dit soms ook voorspeld?

Hij schudt zijn hoofd. 'Ik ben geen forensisch expert, dus daar kan ik geen antwoord op geven, maar we maken dit vaker mee, Corey. Een kacheltje dat oververhit is geraakt. Kortsluiting. Waarschijnlijk was het gewoon pech.'

'Net als Kyra,' mompel ik. De dorpelingen wilden me misschien niet vermoorden, maar ze schrikken er niet voor terug om het toeval een handje te helpen.

Nu tilt de sheriff zijn hoofd wel op. 'Wat zei je?'

Ik krimp ineen, en hij gaat verder. 'Je hebt geluk gehad dat je de brand zo snel hebt ontdekt.' Hij zegt het op vlakke toon. Maar misschien denkt hij wel iets heel anders. Dat het geen pech was, maar mijn verdiende loon omdat ik te veel vragen heb gesteld.

'Kan ik weg?' Ik probeer mijn toon ook vlak te houden, maar vanbinnen sidder ik. 'Ik wil naar huis.'

'Joe heeft de luchtvaartmaatschappij gebeld, maar het volgende vliegtuig dat Lost aandoet is de vlucht die je al hebt geboekt. Je kunt in het dorp wachten of hier, als je dat liever doet.'

Daar hoef ik niet over na te denken. 'Ik blijf hier.'

Hij knikt, duidelijk niet verbaasd. 'We zorgen natuurlijk voor eten. Heb je verder alles wat je nodig hebt? Dekens? Kachel?'

'Ik red me wel.' Het voelt niet goed om Kyra's spullen te gebruiken, maar het voelt nog veel minder goed om hulp uit het dorp te aanvaarden. Kyra is tenminste nooit vijandig geweest.

Ik pak nog een broodje, niet omdat ik er trek in heb, maar omdat mijn handen dan iets te doen hebben. 'Heeft iemand mijn moeder gebeld om haar te vertellen wat er is gebeurd?'

De atmosfeer verandert. 'Heb je haar zelf niet gebeld? Voor zover ik weet heeft niemand contact met haar opgenomen. Ze heeft mij niet gebeld.'

Hij houdt zijn hoofd schuin en zijn ogen glinsteren. Opeens doet hij me aan een havik denken, of een gier. En ík ben de prooi. Er zouden geen getuigen zijn als ik doodga of verdwijn. De dorpelingen zouden hun zin krijgen.

Ik leg het broodje op het servetje en veeg de kruimels van

mijn handen. 'Nee, sorry, mijn telefoon is kapot. Ze verwacht iets van me te horen. Ik heb beloofd dat ik elke dag zou bellen.'

Ik ben benieuwd of mijn bluf overtuigend klinkt. Ik kijk hem scherp aan en krijg de indruk dat hij me gelooft. Ik weet niet wat er gaat gebeuren als ik tot mijn vertrek hier blijf, maar misschien dat dit leugentje mijn veiligheid garandeert. Ik ken Kyra's kant van het verhaal nog steeds niet, en ergens blijf ik hopen op aanwijzingen van haar, waarmee de waarheid aan het licht kan komen.

Ik kan mijn vriendin niet weer in de steek laten.

Ik zet me schrap. 'Even in alle eerlijkheid, sheriff. Loop ik gevaar?'

'Wat? Nee, natuurlijk niet. De brand was een ongelukkige samenloop van omstandigheden, dat zei ik al. Pech. We zullen voor je zorgen tot je weggaat.'

Ik kan zijn leugens niet langer aanhoren. Ik ga staan, loop naar de grote tafel waar Kyra's schetsen liggen, vis er een uit van zijn zoon en houd hem die voor. 'Hoe is het met Sam?' Dan een van de mijn. 'Hoe gaat het met de zaken?'

De temperatuur daalt voelbaar en die was al niet hoog. Ik huiver, maar blijf de sheriff strak aankijken. Ik was bijna dóód geweest.

Hij klapt zijn blocnote dicht. 'Waarom laat je het niet gewoon rusten, Corey?'

Hij gaat staan en trekt zijn jas aan, schuift het blocnoteje en de pen in zijn borstzakje, maar het zakje met broodjes en de thermos laat hij staan. 'Kom, dan loop ik met je mee naar dokter Stevens,' zegt hij kortaf. 'En daarna blijf je hier. Je bent niet langer een van ons.'

Ik weet niet of hij kwaad of verslagen is, maar op dat moment kan het me niets schelen.

Hij heeft gelijk. Ik ben niet langer een van hen, en dat is bijna een opluchting.

HEILZAME BRONNEN

Zwijgend loopt sheriff Flynn met me door het dorp. Ik ben ervan overtuigd dat iedereen weet van de brand, maar niemand neemt de moeite om te vragen hoe het met me is. Mensen staren me aan. Ze fluisteren. Meneer Lucas legt een hand tegen de roze bloem die hij nog steeds draagt, en zijn lippen bewegen geluidloos als hij me ziet, alsof hij bidt.

Is dit wat Kyra al die jaren heeft meegemaakt? Ze waren bang voor haar omdat ze anders was. Ze keken op haar neer omdat ze ziek was. De plotselinge waardering voor haar werk kan de smet van hun stilzwijgen niet wegwassen. Vooral omdat ze nooit waardering hebben gehad voor wie ze als persoon was.

Maar wij waren er toen het wérkelijk belangrijk was, zei Piper tijdens de dienst.

Maar dat is niet waar. Ze waren er voor Kyra toen het hun goed uitkwam, toen zij er iets aan hadden. Als ze er voor haar waren geweest toen het echt nodig was, zouden ze zich lang voordat ze zich op het ijs waagde over haar hebben ontfermd. Dan zouden ze er voor haar zijn geweest wanneer ze aan nieuwe medicijnen moest wennen. Wanneer ze huilde van pure uitputting omdat ze al dagen niet had geslapen. Wanneer ze te bang was om over de toekomst te praten omdat ze ervan overtuigd was dat ze voorgoed opgesloten zou zijn in duisternis – in Lost.

Als de mensen van Lost er voor Kyra waren geweest toen het écht belangrijk was, zouden ze haar hebben opgezocht op de dagen tussen manie en depressie, wanneer ze haar werk en haar angst los kon laten. Ze zouden met haar hebben gepraat, ze zouden voor haar hebben gezorgd, niet als het meisje met een gave, de bipolaire dochter van de Hendersons, maar als Kyra, een van hen.

Dát waren de belangrijkste momenten.

Maar toen waren ze er niet.

Maar eerlijk is eerlijk, ik was er ook niet. Als ik er voor haar was geweest, zou ik hebben gebeld, zou ik haar brieven hebben beantwoord. Ze zou bij mij steun hebben gevonden toen Lost haar tot profetes bombardeerde, en ik zou een manier hebben bedacht om haar te bevrijden. Dan hoefde ik nu niet uit te zoeken hoe ze dood is gegaan.

Als er iemand voor haar was geweest toen het écht belangrijk was, zou ze nu nog leven.

Bij het huis van dokter Stevens neemt de sheriff afscheid van me. Hoewel de dokter me volgens hem graag wil onderzoeken, laat haar assistente, Meghan, weten dat ze er niet is. Ze weet niet wanneer de dokter terugkomt, en kan me alleen een glas water en aspirine geven tegen de hoofdpijn waar ik al uren last van heb. Misschien het gevolg van zuurstoftekort? Of komt het door boosheid?

'Het spijt me dat ik niet meer voor je kan doen.' Ze bergt patiëntenkaarten op, bekijkt papieren, die ze langzaam en systematisch van de ene stapel naar de andere verplaatst. 'Je kunt blijven wachten, als je wilt.' Met een grote envelop gebaart ze naar de bank die als wachtkamer dienst doet.

'U weet niet wanneer de dokter terugkomt?'

'Nee. Het kan wel even duren.'

Ze zegt het precies zoals ik daarnet beweerde dat ik mijn moeder elke dag moet bellen, en ik weet bijna zeker dat ze liegt. Misschien is de dokter écht even weg. Maar misschien is ze wel gewoon in de praktijk, al kan ik me niet voorstellen dat ze aan de andere kant van de deur zit te wachten totdat ik weer wegga. Ze was altijd even zorgzaam. Ik weet niet of het verstandig is om weg te gaan; ik wil mijn gezondheid niet op het spel zetten.

'Ik wacht wel,' zeg ik. 'Bedankt voor de aspirine.'

Ik zet het lege glas op Meghans bureau, en ze laat er achteloos een roze bloem in vallen.

Ik huiver. Waarom heeft de sheriff me meegenomen naar het dorp als ik in een wachtkamer moet zitten? Tenzij hij, of een van de anderen, me weg wilde hebben uit het kuuroord.

Meghan glimlacht schijnheilig, en ik denk aan de paar keer dat ik met mijn moeder in de praktijk ben geweest. Toen ik bronchitis had maakte Meghan thee met honing voor me om mijn keel te verzachten. Toen ik zeven was en mijn enkel verzwikte terwijl ik met Kyra aan het spelen was, vertelde ze flauwe moppen om me af te leiden en de pijn te vergeten.

Maar nu zwijgt ze terwijl ik wacht. En wacht.

Meghan trekt nog steeds mappen naar zich toe om ze op een

andere stapel te leggen, terwijl ik er al zeker een uur zit. Het is een eindeloos proces, waar ze volgens mij niets mee bereikt. Ze doet alleen maar alsof ze druk bezig is en neuriet zachtjes bij zichzelf.

Uiteindelijk geef ik het op en loop naar de deur.

'Misschien moet je naar de warmwaterbronnen gaan,' oppert ze zonder op te kijken. 'Het water schijnt enorm heilzaam te zijn.' Dan hervat ze haar geneurie, luider nu.

Achter Meghan hangt een schets van haar met haar twee zoons, die allebei al jaren geleden weg zijn gegaan uit Lost.

Ik lach, en dat doet pijn in mijn longen, maar ik kan er niet mee ophouden. In elk geval niet totdat ik weer buiten sta en het lachen overgaat in snikken. Haar geneurie klinkt nog na in mijn oren. Het is het liedje dat ik op de luchthaven hoorde. Het liedje dat nu om me heen zweeft in de lucht.

Come to steal my soul away.

ANGST IN HET DORP

Ext. Lost Creek-Main Street-Eind van de dag

Corey loopt in een stevig tempo door het dorp, terwijl iedereen haar zwijgend aanstaart. Het wordt doodstil op straat.

Corey (gefrustreerd door het gebrek aan hulp en haar eigen pijn, tegen niemand in het bijzonder):
Is dit de manier waarop jullie elkaar behandelen? Kyra was geen orakel. Ze was ziek, en ze had hulp nodig. Is er dan niemand die dat begrijpt?

Ergens uit het zicht begint iemand te neuriën. Het is hetzelfde liedje dat Corey overal hoort, en het heeft een dreigende klank. Het klinkt luid, alsof het geluid uit de stenen en de bomen om haar heen komt, niet alleen uit de kelen van de dorpelingen.

Tobias knalt tegen Corey op. Ze struikelt. Hij kijkt niet om, zegt niet eens sorry. Hij loopt gewoon door.

In Main Street ziet ze meneer Henderson en de sheriff staan, ernstig met elkaar in gesprek. Ze ziet het bewegen van hun lippen, maar kan niet verstaan wat ze zeggen.

Piper:
Corey?

Corey kijkt opzij en ziet Piper, die van de overkant van de straat naar haar kijkt. Er zitten moddervlekken op haar kleren, zelfs in haar haar zit modder. Ze kijkt naar links en naar rechts en steekt dan snel over.

Piper (legt een hand op Coreys arm):
Ik zag dat je struikelde. Gaat het?

Corey:
Nee.

Ze draait zich om, maar Piper trekt haar terug, zacht maar beslist.

Piper:
We zijn allemaal op onze eigen manier bang.

In de verte staat Roshan, die met gefronste wenkbrauwen naar de ontmoeting kijkt. Hij was van plan geweest om naar Corey toe te lopen, maar nu hij Piper ziet steekt hij zijn handen in zijn zakken en loopt weg.

Het begint te sneeuwen.

VERDWAALDE WOORDEN

Ik zou terug zijn gerend naar de bronnen als ik normaal had kunnen ademen. In plaats daarvan loop ik zo snel als ik kan.

De vallende sneeuw zorgt voor een nieuw, dik tapijt. Als ik het hotel binnenga, stamp ik de sneeuw van mijn laarzen voordat ik de deur dichttrek. Ik blijf staan en staar. De deftige lounge is leeg. De hal die op een altaar leek toen ik een paar uur geleden wegging, is nu helemaal kaal. Er zijn geen schilderijen, geen schetsen, geen kaarsen, geen bloemen. De stoelen en de tafel staan nog voor de haard, maar verder is alles weg.

Overal ligt stof, waardoor het lijkt alsof er al maanden niemand voet in deze hal heeft gezet.

Wat is er gebeurd in de tijd dat ik weg was? Hallucineer ik? Is dit een bijwerking van rookvergiftiging?

Ik teken een streep op de tafel, en mijn vinger is bedekt met stof. Het is alsof Kyra hier nooit heeft gebivakkeerd.

Ver achter me klinkt zwak gegiechel door het gebouw.

Wie hebben dit gedaan? Zijn ze er nog?

Ik moet nog twee nachten in het hotel slapen, maar dan wil ik zeker weten dat ik alleen ben. Ik ga de kamers checken, er zit niets anders op. Ik begin bij de grote receptieruimte opzij van de lounge, dan kan niemand ongezien naar me toe sluipen vanaf de bovenverdieping. Bovendien kan ik makkelijk vluchten als er gevaar dreigt, want met een paar stappen ben ik bij de deur. Waar ik dan naartoe kan is vers twee.

In de eetzaal liggen op alle vensterbanken verse bloemen van de prachtframboos. Half vervaagde voetafdrukken zijn zichtbaar in het stof. Ik geloof dat ik alleen ben, maar wat moet ik van dit alles denken?

Systematisch kam ik het oude gebouw uit. De meeste vertrekken zijn onaangeroerd, precies zoals ik ze me herinner van alle bezoekjes samen met Kyra.

In sommige kamers vind ik sporen van Kyra's aanwezigheid. Haar teksten staan nog op de muren van de kamer waar ze sliep. En nu er meer licht is, kan ik zien dat ze ook in andere kamers in deze vleugel dingen op de muur heeft geschreven:

Ze kijken naar me. Ze kijken. Ze kijken altijd.

En in een hoek:

Zelfs de muren hebben ogen.

In de kamer ernaast zie ik één woord, telkens herhaald:

Vaarwel. Vaarwel. Vaarwel. Vaarwel.

In de gang vormt het handschrift alleen eindeloze lussen, zoals toen we cursief leerden schrijven op school. Ze heeft verschillende kleuren inkt gebruikt en duidelijk een aantal pennen opgemaakt, want hier en daar vervagen de lijnen. Het heeft iets eenzaams. Om de hoek:

Kom me alsjeblieft halen.
Anders kom ik naar jou.

De muren in de laatste kamer zijn kaal, afgezien van twee woorden, geschreven in grote, wilde hanenpoten:

Mam. Alsjeblieft.

Ik kan niet meer. Het gewicht van Kyra's onbeantwoorde smeekbeden verplettert me. In het midden van de lege kamer ga ik zitten. De vloer kraakt. Ik leg mijn hoofd in mijn handen.

En ik breek.

Ik kan me niet herinneren dat ik ooit zoveel verdriet heb gehad, zo ontzettend veel pijn. Ik huil. Ik huil om het meisje dat ik heb gekend, het meisje dat van dit vervallen gebouw het hoofdkwartier van haar superhelden maakte, het meisje dat een wereld probeerde te helpen die haar niet wilde helpen.

Ik huil om het meisje dat ik heb gekend, mijn hartsvriendin.

Ik huil om het meisje dat ik heb gekend, een meisje dat dwangmatig schilderde en de laatste maanden van haar leven doorbracht in een ruimte die vol stond met haar werk.

Maar ik huil vooral om het meisje dat mijn zon en mijn maan

was, de sterren aan de hemel, het meisje dat het had verdiend om zo vrij te zijn als een vogel in de lucht.

Ik zou er elke ster in de sterrenhemel voor willen opgeven om nog een keer een dag met haar samen te kunnen zijn.

LIEF DAGBOEK

Ze komt niet terug. Ze komt niet terug. Ze komt nooit meer terug.

Steeds weer zie ik dezelfde beelden voor me: Kyra in haar kamer, Kyra die teksten op de muren schrijft. Kyra in de hal, waar ze eten en bloemen van haar bewonderaars in ontvangst neemt. Kyra die schildert om te overleven.

Kyra, alleen.

Kyra, die me brieven schrijft. Op school en thuis liggen nog onbeantwoorde brieven van haar. Er zijn zoveel dingen die ik haar had willen schrijven, maar dat heb ik nooit gedaan. Ik heb zelfs geen afscheid genomen.

Na de stortvloed van tranen ben ik leeg en uitgeput. Mijn schouders en nek doen pijn van het krampachtige snikken. Mijn ogen branden. Ik weet niet hoe ik verder moet.

Rusteloze energie bekruipt me. Ik kan niet stil blijven zitten.

Ik krabbel overeind en zwerf langs de andere kamers. Ze zijn allemaal leeg, het gescheurde behang is de enige kleur op de muren. Ik verken de vleugel met mijn eigen kamer en vind niets.

In de andere vleugels zijn de kamers het stoffigst. Geen woorden. Geen enkel teken van leven. Gisteren was ik hier in de hoop dat ik Kyra als door een wonder terug zou vinden. Nu verwacht ik leegte achter elke deur die ik opendoe. Ze komt nooit meer terug.

Totdat ik aan de noordkant van het gebouw kom. *Hier zijn we veilig*, zei Kyra tegen me, de allereerste keer dat we ons in het vroegere hotel waagden.

Ik duw de deur open en de scharnieren piepen.

Grijs licht schijnt door het raam en de balkondeuren naar binnen. Schaduwen dansen over de muren. En op de vloer zie ik overal voetafdrukken.

Ik ga op mijn knieën zitten om ze beter te bekijken. *Kyra.*

Hoe is het mogelijk dat ze pas een week dood is? Het voelt alsof ik haar al veel langer kwijt ben. Misschien is dat ook zo.

De voetafdrukken gaan heen en weer tussen de deur naar de gang en de balkondeuren. Ik trek de mouwen van mijn trui over mijn handen en doe de deuren open.

Er ligt een laagje sneeuw op het smalle balkon. Het ijzeren hek voelt koud aan door de mouwen van mijn trui, en de wind is bijtend. Het sneeuwt nog steeds, dikke vlokken die alles bedekken.

Hiervandaan hadden Kyra en ik het beste uitzicht op de warmwaterbronnen en het bos eromheen. In het daglicht kun je de besneeuwde bergtoppen in de verte zien. Nu vormen de bergen vormeloze schaduwen tegen een loodgrijze lucht. Ik draai me naar het westen, waar Lost Creek ligt, maar ik zie alleen het einde van de afgesloten weg tussen het kuuroord en het dorp.

Zat Kyra hier? Zat ze te kijken naar de dorpelingen die naar het hotel kwamen? Benauwde het haar dat ze kwamen? Probeerde ze voor hen te vluchten?

Ik wrijf in mijn ogen, strompel de kamer weer binnen en trek de deuren hard achter me dicht. Als ik weg wil lopen, herinner ik me de losse vloerplank waaronder we chocola bewaarden. Ik trek de plank omhoog en steek mijn hand in de holte. Eerst voel ik alleen splinters, maar als ik dieper kom, raken mijn vingers een zacht en glad voorwerp. Ik draai mijn hand om het beet te kunnen pakken en haal een in leer gebonden opschrijfboekje tevoorschijn. De blauwe kaft en de randen van de pagina's zijn gevlekt. Als ik het opensla, zie ik dat de meeste bladzijden eruit zijn gescheurd. De overgebleven pagina's zijn helemaal volgeschreven.

Brief van Kyra aan Corey

Niet verstuurd

Lieve Corey,

Ik ben naar het hotel verhuisd. Een van de kamers op de bovenverdieping is nu van mij. Het is er vochtig en heel erg stoffig, maar ik heb mijn schetsboeken en pennen meegenomen, en mijn moeder komt mijn boeken brengen.

Het kuuroord voelt als een schuilplaats – of een hoofdkwartier. Lost is de afgelopen maanden zo enorm veranderd, je zou het waarschijnlijk niet herkennen als je hier was. Ik weet niet of ik het dorp nog herken. Ik weet niet eens of ik mezelf nog herken.

De dorpelingen zien me nu wel, dat is ook nieuw. Niet alleen mijn ouders en Aaron en mevrouw Robinson, maar iedereen. Weg zijn de smalende, zijdelingse blikken. Ze zien me. Ze zien mij.

Ik kan iets voor ze betekenen. Ik kan de dingen schilderen die ze willen zien. Ik heb een manier gevonden om erbij te horen.

Het is een heldere, zonnige heldendag, en de nacht lijkt ver weg. Ik voel me springlevend.

Ik wou dat jij me zo kon zien.

Brief van Kyra aan Corey

Niet verstuurd

Het duizelt me, Corey. De herfst is in aantocht en de nachten worden langer, maar de dagen duren nog steeds eindeloos. Eindeloos lange dagen. Geen nachten. En ik mis het donker, maar ik kan niet stilzitten. Ik kan niet ophouden. Ik moet doorgaan.

Ik dacht dat Lost me zag, maar ze zien alleen mijn werk. Ze willen allemaal schilderijen zien, en meestal kan ik me niet eens herinneren dat ik ze heb gemaakt. Ik wou dat je hier was. Ik wou dat ik contact met je kon opnemen, afgezien van de brieven die Aaron voor me verstuurt, maar mijn telefoon heeft geen bereik. En ik kan niet naar huis. Ze laten me niet naar huis gaan.

Ik wil gewoon met iemand praten.

Ik wou dat je eerder kon komen, want ik ben zo moe. Ik kan niet slapen. Ik brand. Ik wou dat je eerder kon komen. Ik weet niet of ik zo lang kan wachten.

Oké, ik wacht.

Ik wou dat ik je kon vertellen hoe erg ik je mis.

Brief van Kyra aan Corey

Niet verstuurd

Lieve Corey,

Ze hebben mijn verhalen en mijn brieven afgepakt. Ik heb alleen nog verf. Dit opschrijfboek is een geheim, dus nu ben jij mijn dagboek.

Ik schrijf je elke dag; ik sta ermee op en ik ga ermee naar bed. Ik heb je zoveel brieven geschreven. Het zou kunnen dat mijn vader ze leest, dus stuur ik je alleen de veilige, waarin je alleen tussen de regels door mijn echte verhaal kunt lezen. De rest – deze brieven – durf ik niet te versturen. Maar misschien maakt het niet uit. Ik hoor toch niets van je.

Misschien lees je dit ooit, op een dag. Ik hoop het. Misschien is het voor mij makkelijker om te schrijven zonder antwoord te verwachten. Ik hoop en bid nog steeds dat ik je dit verhaal op een dag zelf kan vertellen, maar zo niet...

Daar gaan we.

Weet je nog dat we op het ijs dansten? Weet je nog dat ik je verhalen vertelde over Lost Creek? Ik ben nooit een goede verhalenverteller geweest; ik bestudeer ze liever dan dat ik ze vertel. Maar ik heb altijd gedacht dat we onze eigen legenden zouden maken.

Ik zal je een verhaal vertellen.

Er was eens een eenzaam meisje dat in een verlaten kuuroord woonde, tussen kaarsen en bloemen en giften. Ze behoorde niet tot de gemeenschap, maar toen ze haar eigen plekje veroverde, kwamen de mensen naar haar toe. Voor verhalen en geheimen en tekeningen.

Er was eens een jongen die nooit glimlachte. Iedereen die hem kende wist dat hij op zoek was, maar hij wist niet waarnaar, dus kon hij het niet vinden – ook het geluk niet.

De jongen die nooit glimlachte ging langs bij het eenzame meisje dat in het verlaten kuuroord woonde. En het meisje was opgelucht. Ze vertelde hem dat de dingen die we hopen te vinden soms naar ons toe moeten komen, niet andersom. En niet lang daarna kwam er een onbekende naar het dorp, en die gaf de jongen wat hij nodig had. En voor het eerst glimlachte hij.

Er was eens een eenzaam meisje dat in een verlaten kuuroord woonde. Elke dag deed ze niets anders dan wachten. Ze wachtte op bezoek van de dorpelingen, en dan wachtte ze tot ze weer weggingen. Het meisje hoopte dat ze haar de vriendschap kwamen brengen waar ze naar verlangde, maar ze brachten haar bloemen en kaarsen, en namen haar hoop mee als ze weggingen.

Ik zal je een verhaal vertellen.

Er was eens een eenzaam meisje dat in een verlaten kuuroord woonde. De mensen gebruikten haar, ze zogen alles wat ze te geven had uit haar, totdat ze niets meer over had.

Ik heb niets meer.

Ik ben bang, Cor.

Kom alsjeblieft terug.

GESCHIEDENIS

ANDERHALF JAAR EERDER

‘Geloof jij in God?’ vroeg ik Kyra. We zaten op de steiger van White Wolf Lake. Onze voeten bungelden in het water, de warme zomerzon scheen op ons gezicht.

‘Ja. Soms. Misschien?’ Ze haalde haar schouders op. ‘Er bestaat zoveel buiten de grenzen van Lost, dus waarom zou dat niet gelden voor de grenzen van de wereld en dit leven? Bovendien, is religie niet gewoon een verzameling mythen en legenden? Verhalen om het onbekende uit te leggen?’

Ik hield mijn hoofd schuin. ‘Waar geloof je dan precies in?’

Haar ene mondhoek ging omhoog in een scheef glimlachje. ‘Dat weet ik eigenlijk niet. Het idee van een welwillende god spreekt me wel aan. God is liefde? Dat kan ik geloven. Maar ik wil dat mijn leven betekenis heeft omdat ik het betekenis geef, niet omdat iemand anders zegt dat het zo is. Ik wil dat mijn leven iets betekent omdat ik dingen maak. Omdat ik bemin. Omdat ik de wereld beter maak.'

'Ik geloof in het universum.' Ik aarzelde. 'Ik geloof in jou.'

Ze draaide zich naar me toe, maar haar ogen staarden naar een punt ver achter me. 'Is dat zo?' vroeg ze zacht. 'Geloof je in mij? Of geloof je in mijn manische episodes?'

'Kyra...'

'Ik weet dat we onze heldendagen hebben, maar dat ik de wereld wil veranderen heeft niets met mijn bipolaire stoornis te maken. Dat ben ik. Geloof jij dat ik het kan?'

'Het leven lijkt gewoon zoveel makkelijker als je...'

'Als ik manisch ben en barst van de energie? Heb jij weleens dagen achter elkaar niet geslapen? Het enige wat ik hoor, zijn ontelbare verhalen, maar ik kan niet lang genoeg stilzitten om ze op te schrijven. Het enige wat ik zie, zijn beelden die erom vragen om op papier gezet te worden, omdat ze zich anders door mijn huid naar buiten krabben.' Ze praatte luid en snel; haar woorden kwamen voort uit emotie, niet uit een manie. 'Geloof me, die episodes zijn niet makkelijker. Ik ben productiever. Niet omdat ik gelukkiger ben, maar omdat ik opbrand als ik niet de hele tijd bezig ben. En ik ben nooit druk bezig met het werk dat ik het liefst zou willen maken.'

Ik schrok ervan. Het was me nooit opgevallen dat Kyra niet schilderde als ze depressief was of in een tussenstadium zat. En ik had me nooit afgevraagd of ze het fijn vond om te schilderen. Het was nooit bij me opgekomen om het haar te vragen. En dat wilde ik niet toegeven.

Kyra zuchtte en ging op zachte toon verder. 'Het is ook niet makkelijker als de kleur uit je leven verdwijnt. Wanneer mijn stemming somber wordt en ik het gevoel krijg dat de zon nooit meer zal schijnen.'

'Ik...' Kyra's nachten maakten me bang. Ik was bang om haar kwijt te raken. Het maakte me bang dat ik de duisternis niet kon verdrijven.

'Ik moet over mijn stoornis kunnen praten, over mijn episodes, zonder dat jij allerlei conclusies trekt.'

'Ik trek geen conclusies.' Ik zweeg en schudde mijn hoofd. 'Dat doe ik wel. Het spijt me.'

'Ik ben geen puzzel die opgelost moet worden.'

Haar woorden raakten me hard. 'Dat weet ik. Ik wil je niet oplossen, ik wil je helpen. Ik wil niet dat je pijn hebt.'

'Je bent mijn vriendin. Je hoeft alleen maar bij me te zijn. Ik wil niet dat je bang voor me bent.'

Ik draaide me opzij en keek recht in haar lichtbruine ogen. 'Het spijt me echt heel erg.'

Ze knikte. 'Dat weet ik.'

BONDGENOTEN

Halverwege de brief ren ik naar de wc om het weinige dat ik heb gegeten eruit te gooien. Mijn hoofd tolt. Ik heb frisse lucht nodig. Ik moet naar buiten.

Ik ga naar Aarons hut. Naarmate ik dichterbij kom, wordt de zwavelgeur van de bronnen sterker. Ik neem aan dat hij eraan gewend is geraakt.

Aarons deur staat op een kier. Sneeuw is naar binnen gewaaid en vormt een dun laagje op de vloer. Ik frons mijn wenkbrauwen. Vreemd. Ik klop en loop naar binnen. 'Aaron?'

De hut is klein en vierkant, met kleine, vierkante kamertjes. Een woonkamer. Een keuken. Een slaapkamer. Een badkamer. Een hut voor de beheerder van het kuuroord. Het is er stil. Te stil.

Een briesje, licht als een zucht strijkt langs mijn nek.

'Aaron?' probeer ik nog een keer. Mijn stem kraakt en breekt.

Een onaf modelvliegtuigje staat op de keukentafel. Op een piepklein, geopend potje verf ligt een penseel. De haartjes zijn hard geworden en de verf in het potje is uitgedroogd.

Ik heb Aaron gisteren nog gezien, maar het lijkt erop dat hij al een tijdje niet meer thuis is geweest.

Ik loop naar de salontafel. Er ligt een stoffig tijdschrift op, en de beker ernaast is half gevuld met groene, donzige drab – koffie kun je het niet meer noemen. Er staat een telefoon met een draaischijf, zo'n ouderwetse die je in oude films ziet, op het bureau in een hoek van de kamer. Ik pak de hoorn van de haak, maar hoor geen kiestoon.

Ik probeer mijn moeder te bellen.

Niets.

'Aaron?' Mijn stem klinkt luid en schril. Niets. Alle kamers zijn leeg en de stilte vliegt me naar de keel.

Buiten is de sneeuw weer dieper geworden.

Brief van Kyra aan Corey

Niet verstuurd

Soms vraag ik me af wie ze zien als ze bij me komen, Cor. Niet Kyra. Niet mij. Ze hebben me nooit gezien. Zelfs niet toen ik mijn best deed om gezien te worden, omdat ik graag wilde dat ze me leerden kennen. Ze zien iemand die hen kan helpen, die voldoet aan hun verzoeken en petities. (Ik kan het geen gebeden noemen. Natuurlijk niet!)

Ik kan ze toch niet wegsturen?

Mijn werk is waardevol voor hen. Voor mij niet. Ze zien het als bovenaards, betekenisvol.

Als zij iemand nodig hebben in wie ze geloven kan

ik ze dat toch niet afpakken? Wat ik nu doe, is tenminste goed voor Lost. We ontraadselen geen legenden en mythen, maar schrijven samen nieuwe verhalen.

Het is van belang. Ik ben van belang. Ik heb me nooit eerder gevoeld zoals nu.

Hoe kan ik ze wegsturen?

Ik kan eigenlijk niets, maar dit kan ik wel. Het andere was niet genoeg.

Ik wil ook zo graag ergens in geloven, al zal ik dat nooit hardop zeggen.

ONVERWACHTE VRIENDSCHAP

Ik houd Kyra's beduimelde opschrijfboekje tegen me aan. Ik ben weer weggekropen in een van de leunstoelen voor de haard, als er luid op de deur wordt geklopt. Ik sta meteen stijf van de spanning. Wie is dat? Wie haalt het in zijn hoofd om hierheen te komen? Wat willen ze van me? Sheriff Flynn heeft duidelijk gemaakt dat Lost niets met me te maken wil hebben, en dat is wederzijds.

Maar stel nou dat… Stel nou dat ze me niet laten gaan? Ik kan me niet verdedigen. Ik kan wegvluchten uit het hotel, maar ik kan pas weg als het vliegtuigje me komt halen.

Ik kijk uit het raam en zie Roshan en Sam voor de deur staan, uitgerust met rugzakken en slaapzakken.

Ik doe de deur open. 'Hoi?'

'Hoi,' zegt Roshan. We hebben elkaar de afgelopen dagen alleen een paar keer gezien, maar hij glimlacht alsof we oude vrienden zijn. 'Mogen we binnenkomen?'

'Eh... ja, natuurlijk.' Ik doe een stap opzij.

Roshan gaat voorop, gevolgd door Sam, die zijn armen om me heen slaat. Hij ruikt naar rook, de scherpe geur van verbrand hout, en ik verstijf. Onmiddellijk laat hij me los. Hij kijkt naar mijn gezicht, en ik kan aan hem zien dat hij beseft wat er is. 'Ik heb tuinafval verbrand.' Zijn stem hapert. 'Geloof me, ik zou nooit...'

Ik haal heel diep adem. 'Ik weet het,' zeg ik, hoewel dat niet zo is. Helemaal niet zelfs. 'Die geur... Ik kan de rook nog proeven. Ik kan nog steeds niet geloven dat die brand...'

'Daarom zijn we gekomen.' Roshan gooit zijn slaapzak op de vloer. 'Na die vreselijke ervaring van vannacht moet je niet alleen zijn. Het is niet goed om alleen te zijn met verdriet.'

Sam knikt. 'Het spijt me. Ik had andere kleren aan moeten trekken.'

'Het geeft niet.' Ik weet niet wat ik anders moet zeggen. Bedankt? Wat lief dat jullie zijn gekomen? Ik vond Roshan meteen op het eerste gezicht aardig, en Sam was vroeger een vriend. Maar de afgelopen dagen hebben zoveel mensen die ik ooit vertrouwde me verdriet gedaan, dus ik wil me niet weer kwetsbaar opstellen. Bovendien, als zij geen moeite hebben gedaan om Kyra te helpen wil ik hun vriendin helemaal niet zijn.

Roshan kijkt met gefronste wenkbrauwen om zich heen, zwaait dan de rugzak van zijn schouder en zet die voor de haard. Hij begint uit te pakken: een heel brood, kaas, M&M's, twee flessen fris, chocola, zoutjes, koekjes. Hij neuriet terwijl hij bezig is, en ik herken een kerstliedje, niet de verschrikkelijke melodie die ik steeds blijf horen.

Ondanks alles moet ik lachen. 'Verwachten jullie soms een beleg, of zo?'

‘We dachten dat je niets te eten zou hebben, want waar zou je het vandaan moeten halen?’ zegt Sam. ‘Mijn vader is niet zo’n held in de keuken, en…’

‘De rest van het dorp was niet zo gul,’ maak ik zijn zin af.

‘Gelukkig zorgt mijn vader altijd voor een goed gevulde voorraadkast.’ Sam haalt zijn schouders op. ‘Hij was vroeger Eagle Scout. We hadden ook gas, touw en gedroogde bonen voor je mee kunnen nemen, maar dat vonden we een beetje te “einde-van-de-wereld”.’

Dit ís het einde van de wereld, zou ik willen zeggen, maar ik weet me in te houden. Vooral nu Roshan de kaas uitpakt en het water me in de mond loopt.

‘Ik vertrouw jullie niet,’ zeg ik heel eerlijk, ‘maar ik zeg geen nee tegen al dat lekkere eten.’

Sam lijkt het zich aan te trekken, maar Roshan knikt. ‘Dat kan ik me voorstellen. En gezelschap?’

Ik kijk om me heen. ‘Ik hoop dat jullie de nachtmerries buiten de deur kunnen houden.’

Ik wil dat hij lacht. Ik wil zelf lachen. Maar ik kan het niet. Het is gewoon waar.

Ik raap mijn parka op van de vloer en trek hem aan. ‘Ik ga naar de bronnen.’

Ik zit aan de rand van de warmwaterbronnen. Ik ben warm genoeg gekleed, en de temperatuur tussen de koude sneeuw en het warme water is vreemd genoeg precies goed. Ik weet niet hoeveel tijd er verstrijkt. Minuten? Uren? Dagen? Stilte geeft je altijd het gevoel dat de tijd langzamer gaat. Eenzaamheid ook.

Ik ruik het eten voordat ik de voetstappen hoor, en dit keer begint mijn maag te knorren.

Het is niet Roshan, zoals ik had verwacht. Het is Sam. Hij heeft een oude deken meegenomen uit een van de hotelkamers.

Sam geeft me een boterham met kaas, het brood is vers en geurig. Ik had nooit gedacht dat een boterham zo hemels kon smaken.

'Als we een vuurtje hadden, konden we tosti's maken,' zegt hij.

Ik kauw op een hap. 'Of *s'mores*.' Kyra en ik maakten hier elke zomer s'mores.

'Picknick bij het kampvuur, onder de sterren?'

'Kom alsjeblieft niet met romantische fantasieën aanzetten,' zeg ik. 'Bovendien sneeuwt het nog steeds.'

Sam glimlacht 'Wees maar niet bang.'

'Begrijp me niet verkeerd,' zeg ik nadat ik een hele handvol zoutjes naar binnen heb gewerkt, 'maar ik heb meegemaakt dat je maandenlang niet één woord hebt gezegd. Soms vroeg ik me weleens af of je nog kon praten.'

'Ik had gewoon niet zoveel te zeggen. In elk geval vond ik niet dat ik een zinnige bijdrage aan een gesprek kon leveren.' De herinnering lijkt hem pijn te doen. 'Bovendien zie je veel meer als je niet praat. Mensen vergeten verrassend makkelijk dat je bestaat als je niet laat merken dat je er bent.'

Die woorden had ik eerder gehoord. 'Kyra zei precies hetzelfde,' fluister ik.

De sneeuw knerpt en Roshan komt aanlopen met meer eten. Hij gaat naast Sam zitten, dicht tegen hem aan. 'Waar hebben jullie het over?'

'Onzichtbaarheid,' antwoordt Sam.

Ik huiver. Ik wil deze jongens zoveel vragen. Sam, die hier was, de zoon van de sheriff die heeft leren glimlachen. Roshan, die 'mijn' Lost niet heeft gekend, maar moet hebben gezien dat het dorp is veranderd. Het voelt alleen zo fout om zonder Kyra bij elkaar te zijn dat ik er de woorden nog niet voor kan vinden.

'Hoe heb jij Lost ooit ontdekt, Roshan?' vraag ik. 'Buiten Alaska kent niemand Lost Creek. Zelfs buiten dit dorp heeft niemand ooit van Lost Creek gehoord.'

Roshan steekt een stukje kaas in zijn mond. 'Heb je verstand van geologie, of scheikunde? Ik kan best uitleggen waarom de grond zo rijk is aan delfstoffen, maar dat zou saai zijn. Oké, het komt erop neer dat het bedrijf van mijn vader staallegeringen met wolfraam fabriceert. Hij was op zoek naar een particuliere mijn, en bij toeval stuitte hij op Lost. Hier was vroeger een operationele mijn, en in combinatie met de temperatuur en de samenstelling van de aardkorst leek dit hem de ideale plek. Bovendien is er in dit onontgonnen gebied minder concurrentie dan in bijvoorbeeld Rusland of Canada. Hij moet natuurlijk wel rekening houden met de gevolgen voor de inheemse gemeenschappen. Hij wil het goed doen, voor zover dat mogelijk is.'

Roshan heeft het tenminste over de mogelijke consequenties, en dat hoor ik voor het eerst. 'Bij toeval?' vraag ik me hardop af.

Roshan krabt een beetje verlegen aan zijn oor. 'Ik heb in de schoolvakanties veel gereisd met mijn vader. We hebben in Engeland in de regen gezeten, we zijn bij zijn familie in India geweest. De hele wereld over. Alaska leek me altijd heel spannend, dus zocht ik naar een excuus om erheen te gaan. Ik heb zelf allerlei geologische rapporten en onderzoeken opgezocht.'

'En is Lost wat je ervan had verwacht?' Ik wil niet dat mijn stem verbitterd klinkt, maar dat gebeurt toch.

Roshan kijkt naar Sam. 'Helemaal.'

Sam glimlacht, en er verschijnen rode blossen op zijn wangen. Hij kijkt omhoog naar de bewolkte lucht. 'Niemand wilde Kyra kwaad doen, Corey, dat weet je toch?'

Nee, dat vonden ze te veel moeite, denk ik bij mezelf. Maar zelfs als ze wel kwade bedoelingen hadden gehad... 'Ik wilde Kyra ook geen kwaad doen, en toch is ze dood. Goede bedoelingen zijn niet altijd genoeg. Het is een schild waar mensen zich achter verschuilen, maar geen wapen.' Ik zucht. 'Ik ben blij dat je het naar je zin hebt, Roshan. Ik vond het hier ook fijn. Ik voelde me thuis.'

'Nu niet meer?'

'Nee, nu niet meer.'

Hij geeft een kneepje in mijn schouder. 'Buitenstaander.'

Hij bedoelt het als grapje, maar... 'Tja.' Ik trek mijn knieën hoog op. 'Sam? Jij kwam naar het kuuroord om Kyra te zien, hè?'

Hij glimlacht triest. 'Niet voor haar schilderijen. Ze was eenzaam, en ik ook. Het leek me beter om samen eenzaam te zijn. Ik heb er spijt van dat ik niet al veel eerder contact met haar heb gezocht. Maar toen jij hier nog was, waren jullie onafscheidelijk. Ik had het gevoel dat jullie mij als een indringer zouden zien. Toen jij weg was... Ik wilde gewoon niet dat ze helemaal alleen zou zijn.'

'Was ze... Was ze gelukkig?'

Hij kijkt om naar het hotel. 'Soms. Maar ik denk dat ze meer wilde van het leven. Als ze kans had gehad, zou ze weg zijn gegaan.'

Op dat moment vang ik een beweging op aan de rand van het bos. De schaduwen zijn diep en donker, dus ik kan niet zien wat het is. Een boom die doorbuigt in de wind? Een dier? Een mens?

Ik knijp mijn ogen samen en tuur, maar nu zie ik het niet meer. Misschien was het verbeelding. De grens tussen de werkelijkheid en het denkbeeldige is al vervaagd.

'Corey?' Sams stem haalt me terug.

'Hm, ja?'

'Weet je nog dat Kyra een keer een spreekbeurt hield over de stenen doolhoven op het Bolshoi Zajatski Eiland? Ik weet niet eens meer voor welk vak het was, alleen dat Kyra Russische volksverhalen las en het mysterie veel belangrijker vond dan een verklaring.'

'Ik weet het nog.' Ik glimlach, al voelt het onnatuurlijk. Ik herinner me die Kyra van toen. Maar ik weet ook nog dat ze werd uitgelachen. (Misschien niet door Sam, maar misschien herschrijf ik de geschiedenis.) Onze klasgenoten vonden haar al een rare, en met deze presentatie was het bewijs geleverd.

Ze had zich niet alleen voor school in het eiland verdiept. Die week dreigde Kyra weer weg te zakken in een depressie. Als ze manisch was vormde schilderen een uitlaatklep, maar niet in een depressieve periode. De mysteries kalmeerden haar, ze kon er eindeloos over mijmeren. Al maanden was ze gefascineerd door de doolhoven, en ze droomde ervan om ooit naar de Onegabaai en de Solovetski-eilanden te gaan. Dat ze die week over de doolhoven kon vertellen, gaf haar de energie om te blijven functioneren.

En uiteindelijk knapte ze weer op. Dat dacht ik tenminste.

Nu, vanavond, in dit verlaten kuuroord, denk ik aan sterren. De sterren die we kunnen waarnemen zijn zo ver weg dat het jaren duurt voordat we zien dat ze dood zijn. En ik vraag me af of Kyra misschien allang voordat ik wegging was opgebrand – en dat wij dat gewoon niet hebben gezien.

HET NOORDERLICHT

Alle details doen me aan vroeger denken, toen ik hier nog woonde. De verse sneeuw onder mijn voeten. De tegen elanden beschermde tuinen. De geur als de sneeuw begint te smelten. De heldere kleuren aan de donkere hemel. De sterren zien alles, en ik wou dat ik ze mijn vragen kon stellen, maar ik weet dat ze toch geen antwoord geven.

Sam gaat liggen met zijn hoofd op zijn armen en kijkt omhoog. 'Deze luchten zijn zo gewoon voor ons dat we vergeten hoe prachtig en angstaanjagend dat licht is.'

'Angstaanjagend? Omdat het van alle kanten komt?'

Hij haalt zijn schouders op. 'Nee, voornamelijk vanwege de leegte.'

'Maar het heelal is niet leeg,' zeg ik. 'Het is oneindig. Wij leven in dit piepkleine hoekje van het universum, en eigenlijk kan dat helemaal niet. Toch zijn we er. We zijn gemaakt van sterrenstof.

We zijn supernova's. We vormen een heel gesternte. Dat stelt me gerust.'

En als de vlammen de hele lucht oplichten, komt er binnenin me iets vrij. En ik glimlach, ik glímlach.

Ontzag en verwondering.

Aurora borealis.

EEN JAAR EERDER

'Al sinds mensenheugenis vertellen mensen elkaar verhalen over de sterren.' Kyra sloeg haar armen om haar knieën en hield haar blik op de lucht gericht. 'Ze vertelden verhalen om het dansende licht en de grillige figuren te verklaren.'

Ik lag op mijn rug en keek naar het noorderlicht. Met de warme dekens vormde de zachte sneeuw een verrassend lekker bedje. Mijn hoofd lag op mijn armen, en ik genoot van het spektakel boven ons. De aurora was vanavond rood. 'We vertelden verhalen voordat we beter wisten. De natuurwetenschap heeft dat veranderd. Nu weten we dat we opgewonden zuurstofatomen zien.'

'Opgewonden? Zijn de atomen echt opgewonden? Misschien zijn ze wel doodsbang,' daagde Kyra me uit. 'Wetenschap is ook een vorm van verhalen vertellen.'

Dat spelletje kon ik ook spelen. '"Opgewonden" is een wetenschappelijke term. Wanneer de elektronen van de zon in de atmosfeer van de aarde terechtkomen, botsen ze met atomen. Afhankelijk van het soort atomen en de hoogte verandert de kleur. Opgewonden zuurstof op grote hoogte geeft een rode kleur, maar een geheel rode aurora komt zelden voor.'

'Een rode lucht is toch een voorteken van onheil? Dat heb ik ergens gelezen.'

‘Lager in de atmosfeer geeft opgewonden zuurstof een groene gloed – en die is ook beter waarneembaar.’

‘Hm, even denken… Dan moet een groene lucht dus een teken van voorspoed zijn. Of van tornado’s.’ Kyra kende me goed genoeg om precies te weten hoe ze me op de kast kon jagen.

‘Lager in de atmosfeer is het minder waarschijnlijk dat de deeltjes op zuurstofatomen botsen, en zullen ze botsen met stikstof. Stikstof wordt blauw of paars. Daarom verandert de lucht van kleur. Het is wetenschap, geen waarzeggerij.’ Ik keek haar nijdig aan en voelde dat ze glimlachte.

‘Alle kleuren van de regenboog.’

‘O, hou toch op.’ Ik rolde met mijn ogen. ‘Vier kleuren. Dat is iets heel anders dan de regenboog.’

‘Dichterlijke vrijheid.’

‘Wetenschap.’

Ze reageerde niet meteen. Pas toen er groene strepen verschenen tussen het rood ging ze verder. ‘In de Noordse mythologie bouwen de goden een brug tussen hun rijk en de wereld van de stervelingen, *Bifröst*. Een regenboogbrug, een vlammende brug. Maar misschien bedoelden ze dit wel.’ Ze wees op de boog van kleuren.

‘Misschien. Maar op licht kun je niet lopen,’ zei ik. ‘En zo hoog in de atmosfeer kun je niet ademen.’

Kyra lachte. ‘Neem het toch niet zo letterlijk. Zou het niet fantastisch zijn als er een brug tussen de hemel en de aarde bestond?’

Ik gaf me gewonnen. ‘Ja, je hebt gelijk.’

Ze knikte. ‘Nou, die hebben we, kijk maar. Onze brug van dit bevroren stukje wildernis naar de rest van de wereld. Hiervandaan kunnen we overal komen.’

Natuurlijk is het poollicht wetenschappelijk te verklaren, en toch voel ik ook de magie die Kyra altijd zag. En vanavond is dat de brug die ik nodig heb om de vraag te stellen die me al dagenlang bezighoudt.

'Sam?' Mijn stem is zacht en van opzij kijk ik hem aan. 'Heeft iemand geprobeerd Kyra te helpen om weg te komen?'

Ik krijg de indruk dat Sam niet weet wat hij moet zeggen, en even is hij weer de verlegen jongen van vroeger.

Dan schudt hij zijn hoofd. 'Ik wou dat we het hadden geprobeerd, maar dat had haar vader nooit laten gebeuren. We wisten allemaal dat haar dood voorbestemd was.'

DE VIJFDE DAG

DE GEUR VAN DE LENTE

NEGEN MAANDEN EERDER

‘Doe je ogen dicht en probeer nergens aan te denken,’ droeg Kyra me op. We zaten op de trap van het vroegere kuuroord. Ze had haar armen om me heen geslagen, en ik leunde tegen haar aan. Het landschap om ons heen was bevroren, maar wij hadden het lekker warm.

Ik deed mijn ogen dicht en richtte mijn gedachten helemaal op Kyra. Het was een goede dag geweest, alleen begon ze nu weer rusteloos te worden.

‘Adem langzaam in.’

De geur van sneeuw en ijs was fris en overheersend.

‘Ruik je het verschil?’

Ik probeerde het nog een keer, en schudde mijn hoofd. ‘Denk je dat het weer gaat stormen?’

‘Nee.’

‘Dan weet ik niet wat ik moet ruiken.’ Ik hield mijn hoofd

schuin om haar aan te kijken. ‘Het ruikt al de hele winter zoals nu.’

‘Er zit een aardse geur onder de vorst,’ zei ze een beetje ongeduldig. ‘Die was er een week geleden nog niet en die wordt sterker.’

Ze liet me los, ging staan en liep toen weg in de richting van de warmwaterbronnen.

Ooit waren het natuurlijke bronnen geweest, maar toen het kuuroord werd gebouwd, werden de wanden van het zwemgedeelte bekleed met beton, dat inmiddels groen was geworden. Het zag eruit als een oud zwembad onder een wolk van mist.

In de hoogtijdagen van het kuuroord werden de bronnen als heilzaam beschouwd, maar tegenwoordig maakten er nog maar weinig mensen gebruik van, en zeker geen mensen uit Lost. Het gebouw en het terrein waren te verwaarloosd, hoewel wandelaars er in de zomer weleens hun tent opzetten om te genieten van het warme water.

Ik kwam naast Kyra staan en keek uit over het mistige water. ‘Ruik je het hier misschien wel?’ vroeg ze.

‘Ik ruik bijna alleen de stank van rotte eieren.’

Kyra draaide zich naar me toe en in plaats van de frons die ik verwachtte, glimlachte ze stralend. ‘Het is de geur van hoop, Cor. Het is de geur van aarde en zonlicht en leven. Binnenkort breekt het ijs op de rivier.’

Ik staarde haar aan. Het was de voorbode van de lente, barsten in het ijs en smeltende sneeuw, wanneer Lost tijdelijk in de grootste modderpoel op aarde veranderde. Maar het zou nog weken duren voordat het zo ver was.

Kennelijk keek ik bedenkelijk, want ze haalde haar schouders op. ‘Echt waar. Het weer is aan het veranderen. De vogels komen terug. Ik heb knoppen gezien in de bomen. De lente is overal.’

Ik sloeg mijn armen om haar heen en omhelsde haar stevig. ‘Je weet dat ik je altijd geloof.’

‘Maar?’ Ze hoorde mijn onuitgesproken woorden.

Ik keek weer naar de bronnen. We hadden plannen gemaakt om hier in de zomer te gaan kamperen, voordat mijn moeder ons leven op z’n kop had gezet door een baan in Winnipeg te aanvaarden. Voor Kyra was de lente misschien een teken van hoop, maar ik wilde me nog even blijven vastklampen aan de winter, aan Lost, aan thuis.

‘Het is te vroeg in het jaar. Het vriest nog. We hebben nog bijna geen daglicht. Ik zou het heerlijk vinden als het lente werd, maar de winter is nog niet voorbij.’

Kyra hield voet bij stuk. ‘Het gaat echt gebeuren,’ zei ze. ‘Geloof me.’

Ik knikte.

Twee dagen later brak het ijs.

BEGRIP BEGINT TE DAGEN

Zonder mijn telefoon weet ik niet hoe laat het is. Zonder daglicht is het nog lastiger. Knipperend met mijn ogen pak ik mijn rugzak en houd die tegen me aan. Het is ochtend. Althans, dat denk ik. Ik denk terug aan wat er gisteravond is gebeurd. Vriendschap. Een broze band. En het indrukwekkende poollicht.

Ik heb geslápen. Niet genoeg om alle slapeloze nachten goed te maken, wel genoeg om me weer een beetje mens te voelen, rustiger ook.

Ik knip het bedlampje aan, en de kalmte die ik had gevonden is op slag weg. Mijn slaapzak lig bezaaid met de bloesem van de prachtframboos. Zo snel mogelijk kruip ik uit het bed. Die bloemen waren er gisteravond nog niet. Iemand heeft ze over me uitgestrooid terwijl ik sliep, en ik heb het niet eens gemerkt. Sam? Roshan?

Kyra? Nee. Ik kan niet blijven hopen dat ze er opeens weer zal zijn. Wie dit ook heeft gedaan, hij of zij had mijn spullen kunnen stelen, had mij kunnen verwonden. Of erger.

Ik gris mijn kleren van het kacheltje en trek ze aan. Ze zijn heerlijk warm. Ik haal Kyra's brieven onder het kussen vandaan en houd ze tegen mijn borst.

Ik loop naar de gang om te zien of Roshan en Sam al wakker zijn, maar in de deuropening blijf ik stokstijf staan.

Ik had verwacht dat ze elk in hun eigen slaapzak zouden liggen. In plaats daarvan liggen ze samen in het gammele bed. Roshans arm hangt over Sams schouders, en hun benen en de dekens zijn verstrengeld. Sam snurkt zacht.

Zo stilletjes als ik kan ga ik terug naar de gang. De vloer kraakt en Roshan beweegt, maar hij of Sam worden niet wakker.

Dus daarom glimlacht de zoon van de sheriff.

Ik loop naar de grote hal en ga op de trap zitten. Een emotie die ik al dagen niet heb gevoeld golft door me heen. Van mijn voetzolen tot aan mijn vingertoppen voel ik blijdschap. Pure, onvervalste blijdschap. Het kan toch niet zo zijn dat er iets goeds is voortgekomen uit de nachtmerrie van de afgelopen dagen, uit Kyra's afschuwelijke laatste maanden? Dat kan niet, dat wil ik niet. Maar toch is dit goed.

Een oud verdriet komt opzetten in mijn borst. Spijt. Ik wou dat ik haar datzelfde geluk had kunnen geven. Ik wou dat ik haar meer had kunnen geven dan mijn vriendschap. Ik besef heel goed dat we geen van beiden gelukkig zouden zijn geweest als we voor elkaar hadden geprobeerd te veranderen. Ik weet dat liefde geen magisch medicijn is dat psychische problemen kan genezen. Maar het had haar eenzaamheid misschien kunnen verzachten.

Ik kan mezelf niet veranderen, net zomin als zij had kunnen

veranderen wie ze was. Ik was niet verliefd op haar, en dat kon ik ook niet faken; ze verdiende meer dan een leugen. We hadden allebei recht op een zuivere vriendschap.

Misschien had ik vaker eerlijk tegen haar moeten zijn.

Ik strijk met mijn vingers door mijn haar. Er klinkt gestommel in de slaapkamer achter me. Ik leg mijn kin op mijn handen en kijk om me heen. Ik tel de trapspijlen. In een ervan zijn woorden gekerfd: *Kyra was hier.* Ik wrijf er met mijn vinger over. Dit was ik vergeten. Jaren geleden wilde Kyra graag een tastbaar bewijs achterlaten dat ze hier was geweest, zoals anderen voor ons. Ik kerfde mijn naam in de leuning op de bovenverdieping.

Ik houd de leuning vast en denk terug aan alle keren dat onze handen over het hout gleden als we deze trappen op liepen.

Niet veel later komt Roshan tevoorschijn. Zijn haar zit in de war, zijn shirt is gekreukeld. Zorgelijk fronst hij zijn voorhoofd als hij me ziet. Hoe naar ik het ook vind, hij weet niet wat hij van me kan verwachten – dat kan hij ook niet weten.

Ik wil zijn zorgen wegnemen. 'Bedankt dat jullie vannacht zijn gebleven. Ik heb voor het eerst in dagen goed geslapen.'

Hij knikt.

'Ik ben blij voor jou en Sam.' En dat is waar.

'Dank je.' Zijn glimlach is teder en aarzelend. 'Kyra heeft ons aan elkaar voorgesteld. We zouden elkaar op een gegeven moment toch wel hebben leren kennen, in zo'n klein dorp, maar ik ben haar dankbaar. Bovendien accepteerde ze ons onvoorwaardelijk.'

Diezelfde steek van spijt gaat door me heen. 'Typisch Kyra.'

Hij laat me de schets zien die hij in zijn hand houdt. Roshan en Sam, helemaal verstrengeld. Roshans arm hangt over Sams schouders. Ze liggen in een ander bed, maar afgezien daarvan is dit precíés zoals ik ze daarnet heb gezien.

'Ik denk dat ik haar geloofde,' zegt hij. 'Ik geloofde ín haar.'

Ik schraap mijn keel, weet niet wat ik moet zeggen. 'Weet je vader...'

'Mijn vader weet het,' zegt hij. 'Sams ouders ook.'

'En de rest van Lost?'

'Nog niet. We zijn voorzichtig. De meeste mensen zullen het geen probleem vinden, maar andere... Ik ben een buitenstaander. Het gaat tijd kosten.' Hij kijkt me van opzij aan, en ik hoor zijn onuitgesproken vraag.

'Ik zal het aan niemand vertellen,' beloof ik hem. Trouwens, als sheriff Flynn het weet en het goedkeurt, volgt de rest van het dorp vanzelf.

'Bedankt.'

'In haar brieven schreef Kyra over de verhalen en geheimen van Lost. Het klonk zo sinister, maar... jij was er een van, hè?'

Hij knikt. 'Ik weet niet of ze ons heeft getekend voordat ze mij leerde kennen of erna, maar... ja.'

Tolerantie verklaart waarom hij haar heeft geholpen, en waarom hij in haar geloofde, maar toch heb ik er een dubbel gevoel over. Hoe dan ook is het een troost om te weten dat Kyra niet alleen leegte heeft nagelaten, maar ook liefde.

EEN HEEL GOEDE MORGEN

TIEN MAANDEN EERDER

Kyra en ik gingen voor school naar het postkantoor om brieven van mijn moeder af te geven. We waren de eerste klanten, en mevrouw Morden bood ons koekjes aan uit de zak die ze net had opengemaakt. Ze glimlachte naar Kyra, maar richtte al haar vragen aan mij.

Soms haalde Kyra er haar schouders over op, maar die dag reageerde ze vinnig. 'Ik ben er ook, hoor.'

Ze was al in een slecht humeur toen ik haar die ochtend ophaalde van huis, kennelijk had ze de hele nacht niet geslapen. Ze had geschilderd en alles weer verscheurd. Ik had een van de grotere stukken opgeraapt – een deel van een berglandschap – maar Kyra griste het uit mijn handen voordat ik het beter kon bekijken. 'Laat liggen. Het is niet belangrijk.'

Haar humeur was duidelijk niet verbeterd.

Mevrouw Morden keek straal langs Kyra heen. 'Dat weet ik

heus wel.' Met zachte hand duwde ze ons naar de deur. 'Jullie moeten opschieten, school begint bijna.' Zonder plichtplegingen werden we op straat gezet.

Meneer Wilde, die net naar binnen wilde gaan, mompelde iets over 'die verknipte meid.'

'U ook goedemorgen!' riep Kyra hem luid achterna. Haar boosheid klonk als gegrom.

Met een zucht haakte ik mijn arm door de hare. 'Wind je niet zo op,' zei ik. 'Ze bedoelen het niet gemeen.'

Kyra rukte haar arm los. 'Ik wind me wél op! Ik wind me erover op dat ze over me fluisteren. Ik wind me erover op dat ze me niet aankijken. Waarom mag ik me daar niet over opwinden?'

'Omdat ze niet beter weten. Ze begrijpen je niet.'

'Ik heb hier mijn hele leven gewoond! Vroeger bestond ik wél!'

'Dit is Lost. Toen mevrouw Lucas zich de namen van haar kleinkinderen niet meer kon herinneren, noemde jouw moeder haar "een beetje verstrooid", en mevrouw Morden schreef de adressen op haar brieven als zij die vergeten was. Niemand sprak haar erop aan, het werd met de mantel der liefde bedekt. We zijn er goed in om te doen alsof er niets aan de hand is.'

'O, dus je vindt het wel best als mensen hun ogen sluiten voor dingen waar ze niet mee om kunnen gaan.'

'Dat bedoel ik niet. Maar het is ook geen kwade opzet. Je bent onvoorspelbaar, Kyr, maar we weten dat je meer bent dan de grillen van je geest.'

'Dat weet ik,' snauwde ze. 'Ik vraag me soms alleen af of jij het wel weet. Jij houdt van me ondanks mijn stoornis, terwijl Lost juist daarom een hekel aan me heeft. Is het weleens bij je opgekomen dat niemand mij los kan zien van mijn episodes? Hou van me of haat me, dat moet iedereen zelf weten. Alleen wil ik dat het over míj gaat, over wie ik ben, met alles wat ik ben.'

Haar mond had een verbeten trek en haar handen waren tot vuisten gebald. Aan de andere kant van de straat waren mensen blijven staan, ze fluisterden over haar uitbarsting. Mijn wangen gloeiden, ik had tranen in mijn ogen. Ik wist niet wat ik moest zeggen.

Kyra wachtte nog even op een reactie van mij. 'Laat maar. Ik zie je op school.' Stampvoetend liep ze weg.

Aan het eind van de straat bleef Kyra staan, met hangende schouders. Ze wachtte op me. Ik rende naar haar toe. Ze zei niets toen ik haar had ingehaald, keek me niet eens aan. Haar gezicht had nog steeds een boze, gespannen uitdrukking. Toch wachtte ze op me. Want zelfs als we ruzie hadden, konden we niet zonder elkaar. Samen stonden we sterk. Samen liepen we naar school.

DE KUNST VAN HET LEVEN

Ik kan wel begrijpen dat Lost Kyra magisch vond. Ik heb mezelf er vaak op betrapt dat ik ook zo dacht. En ik heb zeker geen andere verklaring voor de tuin. Niet voor de komst van meneer Sarin om in de mijn te investeren, direct nadat Kyra een welvarend stadje had geschilderd. En ook niet voor de tekening van Roshan en Sam, samen in bed.

Zelfs niet voor het schilderijtje waar het allemaal mee begon, van een vogel met een gebroken vleugel.

Was het misschien toeval? Soms gebeuren er vreemde dingen die we niet kunnen verklaren. Maar wat ik het meest onbegrijpelijk vind, is dat niemand heeft geprobeerd haar te redden. Sam niet, hoewel hij beweert dat hij bevriend met haar was. Geen van de mensen die haar hebben zien opgroeien. Zelfs haar ouders niet.

Kyra's schilderijen hebben Lost ten goede veranderd. Je ziet direct hoe gelukkig Roshan en Sam zijn. Sam vertelde dat mevrouw Morden tegenwoordig fluit terwijl ze werkt, en dat iedereen die in het postkantoor komt er vrolijker van wordt. Mensen zijn positiever, en er lijkt sprake te zijn van onderlinge saamhorigheid, al maak ik er geen deel van uit. Ze zien elkaar en knikken of geven elkaar onder het langslopen een hand. Ze fluisteren verhalen over Kyra. Over de verhalen die ze vertelde. Ze vertellen elkaar hun eigen verhalen

Ze hebben hoop. Ze zijn gelukkig.

Kyra zou trots zijn als ze deze kant van Lost had kunnen zien, de veranderingen die ze zelf in gang heeft gezet. Kyra wilde de wereld verbeteren, en ze begon in Lost Creek. Mijn Kyra was een leuk, doodgewoon en eenzaam meisje. Lost Creeks Kyra was het meisje van legenden en sterrenstof.

En ze ging dood.

De mensen vereerden Kyra als een orakel, maar hun verering was Kyra's pijn, haar dood, niet waard. Ik begrijp niet waarom de mensen haar niet hielpen als ze zo gelukkig waren. Dat waren ze haar verschuldigd. Ze hadden haar op moeten nemen in de gemeenschap. Ze hadden haar dood moeten voorkomen.

Het dorp geloofde in haar, en toch waardeerden ze haar niet genoeg om haar te redden.

En ik liet me meeslepen door mijn nieuwe leven buiten de grenzen van het dorp. Ik vergat haar.

Ik loop samen met Roshan en Sam terug naar het dorp. Ik had in het kuuroord moeten blijven, maar mijn paspoort ligt nog bij de Hendersons en mijn vlucht is over vierentwintig uur.

Bij de bosrand blijf ik staan. 'Gaan jullie maar eerst. Jullie kunnen beter niet samen met mij worden gezien.' Het was aardig van ze om mij gezelschap te komen houden, maar ik wil niet dat ze daarvoor moeten boeten.

'Ik denk niet dat er in het dorp nog iemand is die niet weet waar wij vannacht hebben geslapen,' zegt Sam zacht. 'Zo'n nieuwtje verspreidt zich razendsnel.'

'Krijg je problemen met je vader?' Sheriff Flynn staat altijd vierkant achter zijn zoon. Ze zijn het niet altijd met elkaar eens, maar de Flynns beschermen elkaar door dik en dun. En straks drijft het hele dorp op het geld van Roshans vader.

'Nee, hoor. Kyra zou blij zijn geweest dat we je hebben geholpen.'

Maar toch.

'Pas alsjeblieft goed op,' waarschuw ik ze.

Roshan aarzelt. 'Het is misschien niet aan mij om dit te zeggen, maar ik vind dat je met de Hendersons moet praten voordat je weggaat. Ik weet dat jullie elkaar uit de weg gaan. Maar ze houden van je als een dochter. Ga met ze praten.'

Vroeger zag ik de Hendersons als mijn andere ouders. Ik dacht dat ze innig van Kyra hielden. Maar dat was voordat ze haar dood lieten gaan, en voordat ze mij bijna hadden laten verbranden. 'Ik weet echt niet of dat een goed idee is.'

'Meneer Henderson heeft vandaag weer een bespreking met onze vaders, dus hij is waarschijnlijk niet thuis. Maar Kyra's moeder is in de bakkerij. Neem afscheid. Ga niet met ruzie uit elkaar.'

Ik flap mijn antwoord eruit voordat ik het tegen kan houden. 'De enige Henderson die ik wil spreken is er niet meer.'

STIEKEM

Roshans opmerking helpt me om dingen op een rijtje te zetten. Ik wacht totdat hij en Sam uit het zicht zijn verdwenen, en loop dan naar het huis van de Hendersons. Als meneer H in bespreking is met meneer Sarin en de sheriff, en mevrouw H aan het werk is in de bakkerij, is er dus niemand thuis. Dat komt me goed uit.

Ik weet waar de sleutels liggen. Kyra en ik slopen na onze nachtelijke escapades vaak naar binnen op jacht naar eten. Zoals twee jaar geleden, op de langste nacht, toen we buiten naar de aurora borealis hadden gekeken en de tijd waren vergeten. Of vorig jaar in de lente, toen we elkaar bij de warmwaterbronnen de stuipen op het lijf hadden gejaagd met spookverhalen. We waren te bang om door het bos terug te lopen naar het dorp, dus sliepen we die nacht in het hotel en glipten na zonsopgang het huis weer binnen. Het enige verschil is dat ik nu veel liever níét naar binnen zou aan. Ik kijk goed om me heen, want ik wil niet dat de buren de Hendersons waarschuwen als ze me zien, en steek de sleutel in het slot.

Het is stil en donker in het huis. Ik loop langs de foto's van Kyra, maar probeer er niet naar te kijken. Ik ga naar boven. Ik hoop mijn paspoort te vinden in de werkkamer van meneer Henderson, tegenover hun slaapkamer, of in de slaapkamer zelf – kamers waar Kyra en ik niet mochten komen. Ik begin met de werkkamer. Behoedzaam doe ik de deur open, en ik weet niet wat ik zie. Alle muren gaan van de vloer tot aan het plafond schuil achter boekenkasten. Ik doe een stap dichterbij om de boeken te bekijken. Dit zijn geen boeken met verhalen, zoals in Kyra's kamer, maar werken over mijnbouw en mineralen. Over de geschiedenis van Alaska, de gold rush en de inheemse volkeren in dit gebied. Op het bureau ligt een of andere bouwkundige schets en een historische plattegrond van Lost Creek.

Ik heb nooit geweten dat meneer Henderson zo geïnteresseerd was in Lost Creek. Dan kijk ik weer naar de boeken over mineralen. Misschien is hij niet geïnteresseerd in het dorp, maar in de rijkdommen onder de grond; zijn overgrootvader had de gold rush nog meegemaakt.

Ik kijk of ik mijn paspoort ergens in de boekenkasten zie liggen, en richt me vervolgens weer op het bureau. Er liggen stapels papieren, een hele hoop, voornamelijk financiële ramingen, voor zover ik het kan beoordelen. Voorzichtig til ik de papieren op om eronder te kijken. Niets.

De laden. Ik voel me een beetje schuldig, maar ik heb mijn paspoort nodig. Ik blader door de brieven in de bovenste la, en probeer ze niet te lezen. Ik sla het chequeboekje in de middelste la niet open. Ik zou dit niet moeten doen. Ik zou zo volwassen moeten zijn om naar meneer H op zoek te gaan en hem gewoon te vragen om mijn paspoort.

Alleen weet ik niet of hij me wel laat vertrekken. Ik weet niet of hij wil dat Kyra's verhaal naar buiten komt. En ik ben van plan haar verhaal te vertellen. Het verhaal over een eenzaam meisje dat in een verlaten kuuroord woonde en een heel dorp dat haar ging vereren. Al denk ik niet dat iemand me zal geloven. Zelfs met Kyra's brieven en haar teksten op de muren als bewijs, blijven het de woorden van een buitenstaander en een meisje met een persoonlijkheidsstoornis. Die kunnen nooit zwaarder wegen dan de woorden van haar vader en de sheriff.

Toch moet ik het proberen. Voor haar. Als eerbetoon.

In de derde la liggen kantoorartikelen: blocnote, enveloppen, pennen.

Geen paspoort.

De voordeur gaat open en weer dicht, en mijn hart klopt in mijn keel. Als meneer Henderson me hier aantreft, vermoordt hij me. Letterlijk, bedoel ik. En zijn vrouw kan me ook beter niet betrappen.

Ik sluip naar de gang en doe de deur achter me dicht. Op mijn tenen loop ik naar de slaapkamer. Zonlicht schijnt naar binnen door het raam, en de donkerblauwe sprei gloeit.

Kyra heeft me een keer verteld dat er een kluis is. Die is snel gevonden, in een kast, maar natuurlijk weet ik de code niet. Ik probeer eerst Kyra's geboortedatum, dan de postcode van Lost.

Ik probeer de meest voor de hand liggende combinaties, maar niets werkt. Gefrustreerd staar ik naar de dichte deur met het cijferslot. Het lijkt me uit te lachen.

Weer valt een deur dicht, ergens in huis. Is het dezelfde persoon? Ik schud mijn hoofd en concentreer me weer op de kluis.

Ik was ervan overtuigd dat Kyra's geboortedatum de code zou zijn, dus die probeer ik nog een keer. Het slot klikt niet.

Ik probeer de datum van Kyra's overlijden.

Het slot klikt.

De deur gaat open.

Mijn paspoort ligt boven op een stapeltje papieren.

Ik gris het van de stapel en prop het in de zak van mijn spijkerbroek. Dan verstijf ik. Ik zie Kyra's handschrift.

Corey

Een envelop. Aan mij geadresseerd. Ik pak hem alsof ik me eraan zal branden – of bang ben dat het papier uit elkaar zal vallen als ik het aanraak. Ik durf er niet meer op te vertrouwen dat dingen zijn wat ze zijn. De envelop is dik en zwaar. De bovenkant is zorgvuldig opengesneden, en er zitten opgevouwen vellen papier in.

Mijn handen trillen en mijn hart hamert in mijn borst. Nu is er geen tijd om de brieven te lezen, dus vouw ik de envelop dubbel en steek ik hem in de tailleband van mijn broek. Ik doe de kluis dicht, sluip naar de slaapkamerdeur en de gang.

Ik hoor een kuchje.

Mijn hart staat stil. Ik vergeet te ademen. Ik wil het liefst ter plekke door de vloer zakken.

'Wat doe jij hier?' vraagt mevrouw Henderson op ijzige toon. Ze staat boven aan de trap. Er zit nog bloem op haar kleren.

Ik heb haar sinds de avond van de brand niet meer gezien, en ze vraagt zelfs niet hoe het met me gaat. Haar uitdrukking is hard. Ooit was ze als een tweede moeder voor me. Nu is ze een vreemde. En ik ben doodsbang.

Het paspoort brandt in mijn zak, de envelop tegen mijn huid.

‘Corey, ik vroeg wat je hier doet.’ Haar stem is toonloos.

‘Ik kwam even kijken…’ Mijn stem hapert en van die vier woorden ben ik al buiten adem. Ik probeer het nog een keer. ‘De deur was open. Ik kwam even kijken, eh… hoe het met u gaat.’

‘En toen je beneden niemand zag, ben je maar een beetje door ons huis gaan zwerven?’

Vroeger wás ik hier thuis, denk ik, maar dat zeg ik niet hardop. Ik doe mijn mond open en weer dicht, besluit dan om de halve waarheid te vertellen.

‘Mijn vlucht is morgen, en ik had mijn paspoort nodig. Ik had het aan u gegeven, en ik kwam het terugvragen. Toen ik binnenkwam en u riep, dacht ik dat ik geluiden hoorde, dus ben ik naar boven gegaan. Ik wilde alleen… alleen…’ Ik sta stompzinnig te ratelen en breek mijn zin af omdat ik opnieuw buiten adem ben. Mijn wangen gloeien, dus ze moet weten dat ik lieg. Kyra zei altijd tegen me dat ik veel te veel details vertelde. Ze ergerde zich altijd als ik weer eens breedsprakig was.

‘Je paspoort.’

Ik lik mijn lippen en knik.

Ze kijkt van mij naar de slaapkamer en de kast met de kluis erin. Ik kan aan haar gezicht zien dat ze haar conclusie trekt. Ze schudt haar hoofd. ‘Dan moet je nu maar gaan. Mijn dochter zou het met me eens zijn.’

Ik stop mijn handen in mijn zakken en mijn vingers omklemmen het paspoort. ‘Ik wil naar huis, mevrouw H.’

‘De mensen in Lost vormen een hechte gemeenschap, Corey. Jij wilde je neus in onze zaken steken, je wilde onze geheimen blootleggen.’ Met haar hoofd schuin kijkt ze me aan. ‘Dan moet je ook bereid zijn om de gevolgen te accepteren.’

Ik sla mijn ogen neer. 'Ja, mevrouw.'

'Ga weg nu het nog kan. Je bent niet langer welkom in mijn huis. Je bent niet langer welkom in Lost.'

Ze doet een stap opzij om me langs te laten. De uitdrukking op haar gezicht heeft niets warms. Vroeger was ze altijd zo lief voor me – ze bakte muffins voor Kyra en mij, ze vertelde verhalen over Kyra's grootvader, zijn avonturen en zijn reizen, ze zette thee voor ons, en ze hield me gezelschap als mijn moeder weg was voor haar werk en Kyra zich niet goed voelde. Nu is er niets meer van over.

Ze slaat haar armen over elkaar. 'Ga weg, Corey. Nu.'

Ik ga weg.

DE KUNST VAN HET DOODGAAN

Ext. Lost Creek-Main Street-Avondschemering

Corey ziet meneer Sarin en sheriff Flynn door Main Street naar de rand van het dorp lopen. Ze gaan helemaal op in hun gesprek. Ze ziet hun monden bewegen, maar ze kan hen niet verstaan. Het lijkt wel alsof de mannen elke keer dat ze hen ziet dezelfde route lopen.

Als Corey zich omdraait om terug te gaan naar het kuuroord, staat ze opeens tegenover een hele meute mensen: scholieren, vissers, dorpelingen. Een vij-

andige meute, onder aanvoering van Piper.

Piper:
Vind jij nou echt dat je beter bent dan wij? Je komt hier aanzetten met je arrogantie, en je gaat ons vertellen dat wij Kyra niet begrepen. Denk je soms dat jij haar beter begreep dan wij?

Corey doet een stap achteruit en slaat haar armen om haar borst.

Piper:
We hebben goed voor Kyra gezorgd. We gaven haar eten. We gaven haar kleren. We luisterden naar haar. Wanneer heb jij voor het laatst naar haar geluisterd, écht geluisterd? We hebben haar nooit gevraagd om te veranderen. We hebben nooit geprobeerd om haar 'beter' te maken. We accepteerden haar zoals ze was.

Corey (schudt haar hoofd):
Piper, jullie wilden niets meer met haar te maken hebben toen ze een persoonlijkheidsstoornis bleek te hebben. En na al die jaren gingen jullie pas met haar aanpappen omdat jullie haar konden gebruiken. Jullie hebben haar dóód laten gaan! Je kunt mij

niet wijsmaken dat jullie haar accepteerden. Bullshit!

Piper komt naar voren.

Piper:
O, we hebben haar dood laten gaan? Weet je wel waar je het over hebt? Ze heeft haar eigen dood geschilderd. Dat was wat ze wilde. Weet je wel hoeveel haar visioenen voor ons betekenden? Zij vertelde de verhalen die betekenis gaven aan ons leven.

Corey:
Ze schilderde haar eigen dood, en het kwam niet bij jullie op dat het een schreeuw om hulp was? Een teken dat ze suïcidaal was? Kyra was ziék, Piper.

Piper (boos, met stemverheffing):
Ze heeft zelf besloten dat haar tijd gekomen was.

Het kost Piper moeite om beheerst te blijven.

Piper:
Ja, ze was ziek. Des te meer reden om haar te laten gaan. Jij beweert dat je haar

vriendin was. Je zou toch niet hebben gewild dat ze ongelukkig was?

Corey (schrikt terug voor Piper):
Natuurlijk wilde ik niet dat ze ongelukkig was! Maar ik wilde ook niet dat ze dood zou gaan. Ze had het recht om te leven. Om te vechten. Om te voelen, geluk of verdriet. Het was niét haar tijd.

Corey balt haar vuisten, en haar gezicht vertrekt van de pijn in haar hand. Ze is zo wit als een doek. Ze wil slaan, wie of wat dan ook, maar houdt zich in.

Corey:
Hoe dúrf je. Hoe durven jullie Kyra een kans om te leven te ontzeggen? (fluistert nu) We. Hoe hebben wíj dat gedurfd?

Piper:
Je minacht haar door ons te minachten. Ga naar huis, Corey. Vergeet alles. Dat is voor ons allemaal het beste.

Piper en de menigte komen tegelijk naar voren. Ze herhalen dezelfde woorden die Piper heeft gesproken, een aanvallend, boos gegrom.

Meute:
Ga naar huis. Vergeet alles.
Ga naar huis. Vergeet alles.

Ze komen verder naar voren, als één geheel, hun ogen strak op Corey gericht. Dan waaieren ze geleidelijk uit.

Meute:
Ga naar huis. Vergeet alles.
Dat is voor ons allemaal het beste.

Ze vormen een kring om Corey in te sluiten.
Corey gaat ervandoor.

Brief van Kyra aan Corey

Niet verstuurd

Soms ben ik een hele dag alleen. Op andere dagen komt er een eindeloze stroom mensen. Sam smokkelt artikelen over de gebeurtenissen in de wereld voor me mee uit de schoolbibliotheek, maar meer durft hij niet te doen. Aaron komt elke avond kijken hoe het met me gaat. Hij verstuurt mijn brieven. Dat denk ik tenminste, maar ik kan het niet controleren. Misschien heb jij niet één van mijn brieven ontvangen.

Gisteravond wilde ik gaan hardlopen in het bos, maar mijn vader heeft me teruggebracht. Hij zegt dat ik in het bos niet veilig ben. Hij gelooft me niet als ik zeg dat ik me hier óók niet veilig voel. Ik bén hier niet veilig. Ze putten me uit omdat ik de hele tijd moet schilderen. Ik wil Rowanne spreken. Ik wil kunnen slapen.

Ik wil dat mensen om mij geven, niet ondanks of vanwege mijn stoornis. Vanwege mij, Cor. Om wie ik ben.

DE MIST, HET BOS, DE DUISTERNIS

Het bloed gonst in mijn oren. Mijn hart bonst. Ik druk mijn handen tegen mijn slapen en ga ervandoor.

Maak dat je wegkomt. Weg, weg, weg! Ren, Corey.

Ik storm het bos in.

De langste nacht is achter de rug, maar de dagen zijn nog donker, met diepe, sombere schaduwen. Het is stil in het bos, alle geluiden worden gedempt door de sneeuw, zelfs het breken van de takken die ik opzij duw en het knerpen van de sneeuw onder mijn schoenen. Alles is hier zachter.

Als iemand me volgt, kan ik het niet eens horen.

Ik klauter omhoog naar de open plek rondom de warmwaterbronnen – maar daar ben ik niet, het pad loopt dood. Ik knipper met mijn ogen. Draai me om. Nog meer bomen.

Mijn hart slaat een slag over, en ik moet mezelf dwingen om te blijven ademen.

Ik probeer dezelfde weg terug te nemen, maar achter me is het pad verdwenen onder een laag verse sneeuw. Het licht trekt zich terug en de duisternis valt. Waar ben ik? Ik ben nooit eerder in dit deel van het bos geweest. Het is alsof de bomen me hebben omcirkeld. Ik kan me niet bewegen. Ik ben verdwaald. Ik ben *lost*, verloren.

Het is kouder nu er geen zonlicht meer is, en als ik inadem, proef ik sneeuw. De lucht vormt een fijne mist.

Ik ren. Ik weet niet waarheen. Ik weet niet wat ik doe. Ik moet hier wég. Ik zie bijna niets tussen alle naaldbomen door, en de maan gaat schuil achter wolken. De koude lucht doet pijn in mijn longen, en ik buig me voorover en sla mijn armen om mijn buik.

Ik ren weer weg. Ik struikel en val, sla hard tegen de grond. Een steek van pijn gaat door mijn scheenbeen. De kou dringt door mijn broek heen en kruipt omhoog langs mijn ruggengraat.

Ik kan wel doodgaan. Verdwaald in het bos, nooit meer gezien.

Ik krabbel overeind, wankel op mijn benen. Het zweet in mijn nek verandert in ijs. Ik blijf lopen omdat ik in beweging moet blijven, omdat ik op mijn instinct moet vertrouwen. Als ik niet beweeg, bevries ik. Ik ga wel langzamer lopen.

Stap voor stap ga ik terug. Ik druk mijn nagels in de palm van mijn ongedeerde hand en probeer rustig te blijven. Focus, draag ik mezelf op. Ik volg mijn eigen voetafdrukken. Ik zoek de afgebroken takken die ik zelf opzij heb geduwd. Ik moet het pad terug zien te vinden, dan weet ik weer waar ik ben.

Eindelijk, na wat voor mij voelt als een eeuwigheid, kom ik strompelend op een open plek. *Aarons hut.*

Een rookpluim kringelt uit de schoorsteen omhoog, en binnen brandt licht.

KYRA TEGENOVER DE REST VAN DE WERELD

'Aaron?' Net als gisteren klop ik op de deur en ga ik behoedzaam naar binnen, maar vandaag voel ik meteen de heerlijke warmte van een vuur. Aaron heeft de radio afgestemd op een station dat klassieke muziek uitzendt, en hij zit aan de keukentafel met zijn modelvliegtuigje.

Hij wordt volledig in beslag genomen door de wielen die hij aan het landingsgestel moet vastmaken, en lijkt me niet te horen.

Ik schraap mijn keel.

Aaron schrikt, en de onderdelen van het vliegtuigje ratelen over de tafel. 'Corey! Wat doe jij hier?'

'Ik...' Ik weet niet goed wat ik moet zeggen. 'Ik was hier gisteren ook al, maar toen was jij er niet. Dit huisje...' Ik gebaar hulpeloos om me heen. 'Het leek wel alsof het verlaten was.'

Hij fronst zijn wenkbrauwen. 'Waar heb je het over?' Hij kijkt om zich heen alsof hij probeert te zien wat ik heb gezien. Alles is nog precies zoals gisteren, zelfs de beker staat nog op de salontafel, maar het huisje is nu bewoond, gezellig.

Ik knipper met mijn ogen en schud mijn hoofd. 'Ik... Ik ga morgenochtend vroeg weer weg. Ik wilde dag zeggen.'

Hij krabt aan zijn nek. 'O. Oké.'

Ik zoek naar de juiste woorden. 'Ik wilde je ook vragen... Hoe is Kyra doodgegaan? Ik beloof dat ik de herinnering aan Kyra niet zwart zal maken. Ik wil echt niets veranderen aan wat Lost wil geloven. Maar ik moet dit kunnen afsluiten. Kyra was mijn beste vriendin.'

Er zaten nog hiaten in het verhaal. Ik weet dat de Hendersons Kyra haar medicatie onthielden. Ik weet dat iedereen dacht dat haar dood voorbestemd was, en dat ze haar daarom niet hebben geholpen, zelfs al was ze suïcidaal. Ik weet ook dat ze uitgeput was. Maar ze had beloofd om te wachten. Ze wist dat ik zou komen.

'Jij zag haar elke dag. Je gaf om haar. Jij moet weten wat er is gebeurd.' Aaron zwijgt, dus ga ik verder. 'Ik weet dat je er geen goed gevoel over hebt.'

Hij blijft zwijgen, totdat ik uiteindelijk een zucht slaak en naar de deur loop.

'Corey.' Aaron zegt het zo zacht dat ik hem bijna niet kan verstaan boven de radio uit. 'Kalmeer.'

Ik bijt op mijn lip en leun tegen het aanrecht. Aaron staat op, pakt een beker van een plank en schenkt koffie in. Als hij zich weer naar me omdraait, heeft hij een opgejaagde blik in zijn ogen.

'Kyra had er genoeg van,' valt hij met de deur in huis. 'Ze wilde weg. Ze wilde naar Fairbanks om met die therapeute te praten, Rowanne. Ze wilde zich laten opnemen. Het leven hier… Het vrat aan haar. In die zin had mevrouw Henderson gelijk. Ze raakte uitgeput.'

Hij geeft me de dampende beker aan, en ik sla mijn handen eromheen. 'Vertel me hoe het is gegaan.'

Aaron wrijft over zijn oor. 'Je moet goed begrijpen dat het leven in Lost Creek de afgelopen maanden veel beter is geworden. Voorspeld of niet, Kyra's werk verbond ons met elkaar, en dat, in combinatie met de mogelijke investering van meneer Sarin, gaf dit dorp weer hoop. Als je jarenlang hebt moeten worstelen om het hoofd boven water te houden, kan hoop gevaarlijk zijn. De mensen klampten zich eraan vast.'

'Aaron, vertel het me.'

'Ze wilde weg, ze heeft het geprobeerd. Ze hoopte dat ze mee kon liften met het postvliegtuig. Ze had haar tas al gepakt en alles, en ze vertelde me dat ze contact op zou nemen met jou zodra ze in Fairbanks was. Ze vertrouwde je. Ze wist dat jij zou begrijpen waarom ze weg was gegaan.'

Ze vertrouwde me. Die woorden komen hard aan. Ik weet niet of ik haar vertrouwen wel verdien.

'Wat is er gebéúrd?' vraag ik nog een keer, feller dan mijn bedoeling was. 'Heb jij iemand verteld wat ze van plan was?'

Hij krimpt in elkaar. 'Nee! Nee, natuurlijk niet. Maar in zo'n klein dorp is het lastig om dingen geheim te houden, dat weet je. Misschien dat ze de oude mevrouw Morden ook om hulp had gevraagd. Ik ben haar gevolgd naar het dorp om te voorkomen dat ze domme dingen zou doen. Maar toen ze naar de airstrip ging om het vliegtuig te nemen, stond het hele dorp op haar te wachten. En ze wilden haar niet laten gaan. De sheriff. Haar ouders. Meneer Lucas. Ze hebben haar direct rechtsomkeert laten maken. Haar vader bracht haar terug naar het kuuroord. Ik bleef uit de buurt en verstond niet wat ze tegen elkaar zeiden, maar ik kon zien dat ze ruzie hadden.

'Toen haar vader weg was, sloot Kyra zich op in haar kamer, en ze kwam er pas 's avonds weer uit toen ik haar eten kwam brengen.' Hij schraapt zijn keel. 'Ze zag eruit alsof ze urenlang had gehuild, maar ze glimlachte wel naar me en ze at alles op. Later die avond ging ik een eindje lopen en zag ik dat ze op het balkon zat en naar de sterren keek. De Melkweg was die avond zo helder. Het leek bijna alsof je erop kon stappen, als een weg van sterren naar de hemel.'

'En toen?' De ontvangst van de radio is slecht en het geruis vult de ruimte.

Aaron fronst en gaat verder. 'Toen ik de volgende avond bij Kyra ging kijken was ze weg. Uit de voetafdrukken maakte ik op dat ze misschien naar de weg was gelopen. Ik ben haar achterna gegaan. Ze zou dood zijn gevroren voordat ze het volgende dorp had kunnen bereiken. Toen zag ik dat het pad naar White Wolf Lake platgetrapt was, alsof het hele dorp erheen was gelopen. Dus ging ik ook die kant op. Ze moeten Kyra naar het meer zijn gevolgd, of misschien hebben ze haar wel geduwd. Ik weet het niet. Iedereen stond op de oever. De Hendersons. De sheriff. Mevrouw Morden en haar kleindochter Piper. Iedereen.'

Hij zwijgt even. 'De maan was die avond heel helder, maar het duurde even voordat ik Kyra zag. Ze stond niet tussen de mensen, ze rende over het ijs. En ze gleed uit. Ze viel. Ik weet niet of het ijs dun was of misschien wel gescheurd, maar toen ze overeind wilde te komen zakte ze erdoor. Ik probeerde me door de menigte heen te werken, maar ze lieten me er niet door en niemand deed moeite om haar te helpen. Ze keken. Ze keken alleen maar.'

Zijn stem breekt. 'Ze was te ver weg. Toen ik haar eindelijk had bereikt, was ze weg. Ik kon niets meer doen.'

Ik doe mijn ogen dicht en in gedachten zie ik de dorpelingen rondom het brandende tuinhuis staan. De holle blikken. Meneer Henderson met Kyra's sjaal in zijn handen. 'Ze hebben haar dood laten gaan,' fluisterde ik.

Aaron schudt zijn hoofd. 'Ze wilde weg, op wat voor manier dan ook. Maar Lost wilde haar erfenis beschermen. Haar voorspellingen waren heilig. Ze moesten blijven geloven.'

'Ze had toch kunnen wachten totdat ik… Ik zou haar hebben geholpen…' Mijn stem hapert en ik kan de rest van de zin niet over mijn lippen krijgen. Als ik het wel zeg, ga ik huilen. En als ik begin te huilen, kan ik niet meer ophouden.

Aaron slaat een arm om me heen en praat zacht. 'Ze heeft heel lang gewacht, maar ik denk dat ze op was. Geloof me, meisje, ik wou ook dat ze er nog was.'

'Ze hebben haar vermóórd,' zeg ik met verstikte stem.

'Ze begrepen haar niet. Ze waren bang voor haar. Ze hebben haar gebruikt. Dáár is ze aan doodgegaan.'

Brief van Kyra aan Corey

Niet verstuurd, achtergehouden door de Hendersons

Lieve Corey,

Ik weet niet of je dit ooit zult lezen, maar ik moet een bericht achterlaten voor als je hierheen komt en ik weg ben – wat "weg" dan ook betekent. Ik hoop dat het betekent dat ik hier levend vandaan kom, maar zo niet... Ik kan sowieso niet blijven.

En als je dit leest...

Je was mijn beste vriendin. Heel lang ben je mijn enige vriendin geweest. Daar heb ik je nooit voor bedankt. Ik weet dat ik niet altijd de makkelijkste was. Ik weet dat ik je op afstand heb gehouden. Ik weet dat je het vaak moeilijk met me hebt gehad, maar ik hoop dat je toch een goede herinnering hebt aan onze vriendschap.

Dankzij jou had ik een leuker leven.

We hebben zoveel gedeeld, geluk en woede, geheimen en een kus... Maar het is moeilijk om angst te delen. Ik heb geprobeerd het uit te leggen, maar ik wist dat je het niet zou begrijpen. Je kon het niet begrijpen. Ik weet dat je dacht dat ik nergens bang voor was, maar dat was niet zo. Totdat Lost mijn schilderijen ontdekte. Mijn angst vervloog. Die eerste dagen, die eerste weken, toen ze naar me toe bleven komen, dacht ik echt dat Lost misschien ten goede was veranderd. Ik vergat om bang te zijn.

Maar nu ben ik wel bang. En ik had bang moeten zijn toen jij wegging.

Ik ben je kwijtgeraakt. Ik weet niet of ik je kwijt ben geraakt toen je wegging of daarvoor al. Er waren zoveel dingen waar we niet over praatten, zoals de keren dat we elkaar verdriet deden.

Ik weet dat ik je bang maakte, en dat is een van de redenen dat ik veel gevoelens voor je verborgen hield. Ik wilde niet dat je zou proberen om me 'beter' te maken. Ik had het moeilijk. Ik heb het nog steeds moeilijk. Soms voelt het alsof de dagen, de nachten, eindeloos duren.

Maar ik ben ook gelukkig geweest. Onvoorwaardelijk, intens gelukkig. En ik geloof niet dat iemand dat ooit heeft begrepen. Zelfs jij niet.

Ik ben moe, Cor. Ik wil hier niet vastzitten. Ik

mis je erger dan ik voor mogelijk had gehouden. We hadden beter ons best moeten doen. Allebei.

Ik ben moe. Ik ben zo moe.

Ik hoop dat dit gevoel overgaat, ik hoop dat deze dag voorbijgaat en dat de nacht komt.

Ik wil je zien. Ik wil nog steeds reizen. Ik wil nog steeds de wereld zien en alle verhalen horen. Ik moet weg uit Lost.

Ik hoop dat deze pijn overgaat.

Maar als ik heel eerlijk ben, denk ik niet dat het overgaat. Dit keer niet.

Ik weet dat ik heb beloofd om op je te wachten. Geloof me alsjeblieft als ik zeg dat ik het heb geprobeerd. Ik heb het zo lang geprobeerd.

Ik heb hier niets meer. Ik moet mijn eigen weg zien te vinden.

Waar je ook bent, een stukje van mijn hart is altijd van jou. Waar ik ook ben, ergens diep vanbinnen zal ik altijd op je wachten.

Ik sla de bladzijde om, maar meer heeft Kyra niet geschreven. Ik houd de envelop ondersteboven. Een kleiner stukje papier glijdt eruit en dwarrelt neer op het balkon. Het is een zwart-witschets van de aurora borealis, sterren die naar de aarde vallen. En Kyra en ik, die hand in hand naast elkaar staan en omhoog kijken naar de hemel.

DE JUISTE PLEK

VIJF MAANDEN EERDER

Mijn pen hing boven het papier en ik staarde naar het lege vel.

Lieve Kyra,

Wat kan ik je vertellen? Op St. James ben ik gelukkiger. Ik had het niet verwacht, maar het is wel zo.

Lost Creek was een zeepbel, een bijna helemaal wit, conservatief dorp waar weinig ruimte was voor eigenzinnige meisjes. Vergeleken bij Lost was St. James een openbaring. Er waren meer leerlingen dan Lost inwoners had, en de kijk op de wereld was veel ruimer. Voor mij was de school een sterrenbeeld. Voor Kyra zou het een onuitputtelijke bron van verhalen zijn geweest.

Maar dat kon ik haar toch niet vertellen, terwijl zij vastzat in Lost? Ik kon haar niet vertellen dat Eileen boeken wilde schrijven. Dat Noa verhalen las over superhelden. Dat er een hele bibliotheek was met planken vol verhalen en mythen en legenden.

Ik kon haar niet vertellen dat ze hier in haar element zou zijn, en haar kwellen met mijn geluk.

'Cor?' Noa's stem weergalmde door de gang. 'De training begint over tien minuten. Ben je klaar?'

'Ik kom eraan!' Ik schoof het vel papier onder mijn boeken en deed de pen in een la. *Ik kan haar toch niet vertellen dat ze het zo fijn zou vinden op deze school, terwijl ze niet weg kan uit Lost?*

Ik nam me voor om later verder te gaan met de brief. Dat heb ik nooit gedaan.

PENSEELSTREKEN

Ik kan niets meer doen, behalve de uren tellen tot aan morgenochtend, wanneer een vliegtuig me naar Fairbanks zal brengen. *Er gebeuren soms vreemde dingen,* zei de piloot tegen me toen hij me afzette. Hij had gelijk. In deze vreemde wereld is niets zoals ik het me herinnerde.

Ik herlees Kyra's brief totdat ik hem uit mijn hoofd ken. Ik blader nog een keer door haar opschrijfboek. Er ontbreekt veel. Langs de binnenkant loopt een grillige rand papier van de pagina's die Kyra eruit heeft gescheurd, de eerste brieven die ze me stuurde. Maar er zijn meer uitgescheurde pagina's dan het aantal brieven dat ik heb ontvangen. Wat had ze op die pagina's geschreven? Waren het brieven die ze wilde versturen? Of aantekeningen voor zichzelf? Schetsen die ze uitdeelde aan haar bezoekers? Ik zal het nooit weten, en dat geeft me een leeg gevoel. Hoeveel opschrijfboekjes hadden we voor elkaar vol kunnen schrijven als we ons best hadden gedaan?

Ik vouw de laatste tekening op en stop die in mijn zak.

Lost wil niet dat Kyra's woorden naar buiten komen. Het is per slot van rekening makkelijker om in legenden te geloven dan in de waarheid, en haar verhaal was zorgvuldig geconstrueerd. Ik neem mee wat ik kan. Ik zal haar verhalen beschermen.

Ik wou dat ik meer kon doen. Mijn handen trillen van boosheid.

Ik zou dit kuuroord plat willen branden, zoals Lost mijn huis en Kyra's toevluchtsoord in brand heeft gestoken. Ik zou willen uitwissen wat Lost van Kyra had gemaakt en tegen hen allemaal willen schreeuwen dat Kyra's werk nooit zo belangrijk is geweest als zijzelf. Maar er is al zo weinig over dat aan Kyra herinnert. Als ik dit pand in de fik steek, is er geen enkel tastbaar bewijs meer van haar bestaan. Ik zou de ravage alleen maar groter maken.

En Kyra zou me erom haten. Niet alleen omdat het kuuroord Lost Creek heeft gevormd, maar ook vanwege de rijkdom aan verhalen. De geschiedenis van dit gebouw is rijker dan het leven van een enkele persoon, zelfs al was die persoon mijn beste vriendin. Daar mag ik niet aankomen. Ik zal er niet aankomen. Maar o, wat zou ik het graag willen.

In plaats daarvan ga ik naar haar kamer om een paar penselen te pakken. Ik kan niet schilderen zoals zij. Ik kan geen verhalen vertellen. Maar ik kan haar verhalen wel doorvertellen.

Urenlang sta ik op een stoel, en ik gebruik de donkerste kleur groene verf om in de lounge een tekst op de muur te schrijven. Mijn penseelstreken beginnen beverig, de letters zijn niet altijd even leesbaar. Maar Kyra's stem klinkt luid en duidelijk in mijn hoofd, en daar gaat het om.

IK ZAL JE EEN VERHAAL VERTELLEN.
ER WAS EENS EEN MEISJE DAT ZICH OMRINGDE MET KAARSEN EN BLOEMEN EN GIFTEN. ZO LEEFDE ZE. ZE HOORDE NIET BIJ DE WERELD OM HAAR HEEN, MAAR DE WERELD EIGENDE ZICH HAAR TOE. EN TOEN ZE OP ZOEK GING NAAR EEN PLEK VOOR ZICHZELF, KWAMEN DE MENSEN NAAR HAAR TOE, OMDAT ZIJ HUN VERHALEN EN GEHEIMEN KENDE.
ER WAS EENS EEN MEISJE DAT EENZAAM WAS. WANT DE MENSEN DIE HAAR OPZOCHTEN, GINGEN ALTIJD WEG MET ALLES WAT ZE HUN TE BIEDEN HAD: HAAR HOOP EN LIEFDE EN BELOFTEN.
ER WAS EENS EEN MEISJE DAT IN DE STEEK WERD GELATEN. DEZE MENSEN GAVEN HAAR WAARDE, MAAR ZE GEBRUIKTEN HAAR, ZE ZOGEN HAAR LEEG, TOTDAT ZE NIETS MEER TE GEVEN HAD. EN TOEN LIETEN ZE HAAR AAN HAAR LOT OVER.
EN HET MEISJE DAT OOK IETS NODIG HAD OM IN TE GELOVEN, BLEEF MET LEGE HANDEN ACHTER.

IK ZAL JE EEN VERHAAL VERTELLEN

ZEVEN MAANDEN EERDER

Er waren eens twee meisjes. Ze zaten op het dak en keken naar de sterren die aan de hemel verschenen. Ze hadden allebei een flesje limonade, een reep chocola en onuitgesproken vragen.

Ik telde de dagen tot onze verhuizing naar Winnipeg, en dat waren nu enkele cijfers. Ik wilde niet weg. Kyra en ik hadden nog zoveel plannen. En hoe minder dagen er over waren tot aan mijn vertrek, des te meer had ik het gevoel dat ik haar in de steek liet, zelfs al zouden we contact houden. Ik was bang dat onze vriendschap zou veranderen. Dat we zouden vergeten hoeveel we voor elkaar hadden betekend. Dat we niet vaak genoeg samen waren geweest.

'Denk jij nog weleens aan die dag in de tuin?' vroeg ik zacht. Die aarzelende kus, mijn pogingen om verliefd op haar te worden, haar besluit haar gevoelens voor mij opzij te zetten… Het was allemaal zo lang geleden. Ik wilde weten of ze me accepteerde. 'Zou het makkelijker zijn geweest als ik me tot je aangetrokken had gevoeld?'

Kyra nam een slok limonade en staarde naar de hemel. Het was nog geen hoogzomer, maar de nachten waren al heel kort. Het zou nog maanden duren voordat we weer heldere sterren zouden zien.

'Makkelijker? Misschien. Beter? Nee. Je bent wie je bent, Cor, en ik ben wie ik ben. Ik zou niet willen dat jij of ik veranderden in iemand die we niet zijn. Uiteindelijk zouden we elkaar erom zijn gaan haten.'

'Dat weet ik.'

'Waarom vraag je het dan?'

'Omdat...' Ik slikte moeizaam. Ik geloofde in wat ik tegen haar had gezegd, dat onze vriendschap het belangrijkst was. Verliefdheden gingen over, relaties werden verbroken, maar onze vriendschap hield stand. Maar over een paar dagen zaten we bijna vijfduizend kilometer bij elkaar vandaan, en ik wist niet of onze vriendschap zo'n grote afstand zou overleven. 'Ik zal je missen.'

'Ik weet het. Ik zal jou ook missen, maar we houden contact. Ik beloof dat ik je zal schrijven.'

'Wat gaan we doen als ik in de voorjaarsvakantie terugkom?'

Kyra leunde achterover en legde haar hoofd tegen mijn schouder. We pasten bij elkaar als twee stukjes van dezelfde puzzel. 'We blijven de hele nacht op en we praten tot de zon opkomt. We maken wandelingen door het bos en vertellen elkaar griezelverhalen. We gaan schaatsen op White Wolf Lake. Tegen die tijd moeten we zeven maanden inhalen, dus we doen alles.'

'Samen?'

'Samen.'

GESTOLEN TIJD

Ik zit aan de rand van de warmwaterbronnen. De damp van het water vormt wolken om me heen; ze geven geen warmte, maar helpen wel om minder last te hebben van de kou. Of van wat dan ook.

Ik hield van deze plek – nog steeds. Deze bossen en warmwaterbronnen horen bij mij. Ik zal de zomernachten missen, wanneer ik niet kon slapen omdat het te licht was. Ik zal de lucht missen, zowel de zwavelgeur van de bronnen als de koude, schone lucht van de omringende heuvels.

Ik zal het noordpoolgebied missen. Kyra en ik zijn nooit naar de Gates of the Arctic National Park geweest, hoewel we het er eindeloos over hebben gehad. Ik ben dan misschien minder avontuurlijk dan Kyra was, maar ik zou het geweldig hebben gevonden om een berg te beklimmen en op het dak van onze wereld te staan.

Ik vind het jammer dat ik niet langer de enige leerling in Lost ben met belangstelling voor natuurkunde; ik weet nog hoe aangenaam verrast onze docent was. Ik zal de dagen missen dat alle leerlingen, inclusief Kyra, Piper en Sam, les hadden op de oever van het meer, en de avonden dat we rond een kampvuur zaten en marshmallows aten totdat onze kaken er pijn van deden.

Ik zal ons krakkemikkige oude huis missen, en mijn kamer, waar ik met glow-in-the-darksterren de winterse sterrenbeelden in kaart had gebracht op het plafond. En Kyra's fijne huisje met superhelden op de deur. En de kleine wereld die we voor onszelf creëerden binnen de kleine wereld van Lost, die zo afgezonderd was van de overweldigend grote buitenwereld.

Maar we waren er nooit helemaal veilig. Niet alleen de rest van het dorp oordeelde over Kyra. Ik deed het ook. Ik dacht dat ik een goede vriendin voor haar was, de beste vriendin die ik kon zijn. Ik dacht dat het leven zoals wij het kenden echt was, in plaats van een van de verhalen die we vertelden. Maar misschien leef ik ook nog steeds in mijn eigen verhaal.

Kyra zei altijd dat we allemaal op gestolen land woonden, dat dit stukje van Alaska nooit wettelijk van ons is geweest. Ik begreep het nooit als zij het over gestolen land en gestolen tijd had.

Nu begrijp ik het wel.

Ik zal Lost missen. Maar ik neem mijn herinneringen aan Kyra mee: haar lach en de smaak van haar kus en de warmte van haar glimlach. Lost is niet langer de plaats waar ik thuishoor.

DE MANIER WAAROP DE WERELD EINDIGT

‘Corey? Corey, waar ben je?’

Heel even lijkt dit een perfect moment. Ik ben ervan overtuigd dat Kyra me roept vanaf de andere kant van de bronnen. Ik geef antwoord alsof het echt zo is. ‘Vaste plek.’ Mijn hart breekt.

‘Corey?’ De stem klinkt van heel ver weg, en het landschap om me heen is stil. Er is niemand, alleen een herinnering.

Ik sla mijn armen om mijn knieën. Ik wil naar huis, naar mijn moeder en Luke.

Ik doe mijn ogen dicht en stel me voor dat Kyra opdoemt vanuit de mist van de bronnen. Ik kan haar bijna zien. Haar haar zou in de war zitten en haar bril zou direct beslaan. Ze zou naast me komen zitten, haar bril afzetten en de glazen oppoetsen met de mouw van haar shirt.

Ik zou haar hand pakken en er een kneepje in geven.

Je bent er, zou ik zeggen.

Ik ben er, zou ze antwoorden.

Je had beloofd dat je zou wachten.

Ik heb het geprobeerd.

Ik had beloofd dat ik zou komen. Ik had eerder moeten komen. Ik had beloofd dat ik aan ons zou blijven denken. Ik ben ons vergeten.

Ja.

Vergeef me.

Maar de mist versluiert zelfs deze troost. Er gaat een kille huivering langs mijn rug. Het is nog steeds te stil.

Dan hoor ik haar fluistering. *Wat is er?*

Ik schud mijn hoofd. *Ik weet het niet.*

De mist trilt en de schaduwen breken open. En meneer Henderson staat pal voor me, zijn gezicht vertrokken van woede.

Hij torent boven me uit. Hij is altijd een man van weinig woorden geweest, als enige in het gezin onverstoorbaar, maar zijn lichaamstaal spreekt nu boekdelen: razernij vlamt in zijn ogen en hij heeft een verbeten trek rond zijn mond.

'Ik wil de bezittingen van mijn dochter terug, Corey.'

Ik krabbel overeind en doe een paar stappen achteruit.

'Je hebt haar brief gepakt. Je hebt er geen recht op. Je hebt het recht niet om haar woorden te onteren. Je hebt hem gestolen. Ik kan aangifte doen wegens diefstal.'

'U hebt haar brief van háár gestolen. Van mij.'

Meneer Henderson doet een stap dichterbij, ik doe opnieuw een stap naar achteren.

'Je was een leuke meid, Corey, maar ik sta niet toe dat je de erfenis van mijn dochter kapotmaakt en er met haar herinnering vandoor gaat. Je begrijpt niet hoeveel Kyra voor Lost betekende.'

'Kyra was mijn beste vriendin. Ik weet hoeveel ze betekende. Als iemand haar niet begreep, dan was ú het.'

Hij komt op me af. Ik duik weg als hij me probeert te tackelen. Dan geef ik hem een zet. Ik ben niet sterk genoeg om hem te vloeren, maar hij is even uit zijn evenwicht. Ik ren weg.

Zijn zware voetstappen klinken vlak achter me, maar ik kijk niet om. Ik storm het gebouw binnen, de kortste route naar het bos, want bij de bronnen kan ik geen kant op.

Ik sprint door de lounge, die onnatuurlijk leeg is. Mijn rugzak ligt boven, maar ik heb geen tijd om die te gaan halen. Ik heb Kyra's opschrijfboekje en haar brieven en mijn paspoort. Meer heb ik niet nodig.

Ik race langs de diensttrap naar beneden. Als ik door het raam in de keuken naar buiten kan klimmen, moet het lukken om weg te vluchten door het bos. In het donker kan meneer Henderson me daar nooit vinden.

Ik klim op het aanrecht en wil door het raam kruipen, maar dan bewegen de schaduwen.

Nu pas begrijp ik waarom ik zijn voetstappen niet meer achter me hoorde.

Meneer Henderson wacht me buiten op.

ENDLESS NIGHT

Ik verstijf. Een wolk schuift voor de maan en de duisternis is compleet.

'Je kunt niet aan me ontsnappen, Corey,' snauwt meneer Henderson. 'Je kunt nergens naartoe. Geef me Kyra's brief, dan laat ik je met rust. Kyra was mijn dochter, en haar erfenis is van mij.'

Kyra's zorgvuldig gecreëerde erfenis.

'U hebt er geen recht op.'

'Dit verhaal is van Lost, en wij zullen het op onze manier vertellen. Ze wilde hier zijn. Ze hoorde hier thuis.'

Ik zit in de val. Mijn hand schuift naar de zak met het opschrijfboekje en haar brieven. 'Jullie hebben haar dóód laten gaan.'

Zijn glimlach verdwijnt. 'We hebben haar voorspelling in vervulling laten gaan.'

Opeens stuift er iemand langs me. Roshan stort zich op meneer Henderson. Er klinkt een doffe klap, en door de vaart belanden ze allebei in de sneeuw. De grote handen van meneer Henderson sluiten zich rond Roshans armen.

'Niet doen! Kyra zou het niet hebben gewild,' hijgt Roshan. Hij blijft meneer Henderson vasthouden en worstelt met hem. Roshan is slank en pezig, maar meneer Henderson is groter en sterker. Hij is niet zo lenig als Roshan, maar hij heeft een groter uithoudingsvermogen en hij is akelig vastberaden. 'Corey was Kyra's vriendin. Ze hield van haar. Ze zou niet willen dat jullie vechten om een paar brieven, daarvoor heeft ze Lost veel te veel gegeven.'

'Corey maakt geen deel uit van onze gemeenschap,' tiert meneer Henderson. 'Ze is een buitenstaander.'

'Ze was Kyra's beste vriendin!' protesteert Roshan, terwijl ik tegelijkertijd schreeuw: 'Ik ben geen buitenstaander!'

Ik wil Roshan te hulp schieten.

Hij ziet mijn beweging en schudt zijn hoofd. Meneer Henderson maakt van de gelegenheid gebruik om Roshan van zich af te duwen. Roshan slaakt een gesmoorde kreet en komt snel weer overeind.

'Corey, rennen!'

Zijn kreet is de aansporing die ik nodig heb. Ik kan niet zien of het Roshan lukt om meneer Henderson weer vast te grijpen, want ik spring al van de vensterbank in de sneeuw. Ik spurt in een rechte lijn naar het donkere bos.

ENDLESS DAY

Ik ren door het pikdonkere bos. Dieper en verder dan ik ooit ben geweest. Ik moet ontkomen.

Ik weet dat ik word achtervolgd. Dit bos heeft ogen. De bomen kijken naar me. De wilde dieren kijken naar me. Het is hier gevaarlijk, maar het is veel gevaarlijker in het kuuroord en in het dorp.

Hij laat me nooit gaan.

Ik ren totdat mijn benen te zwaar zijn om ze op te tillen, totdat ik steken voel in mijn zij. Het terrein gaat omhoog. Het maanlicht dringt niet tussen de bomen door. Ik dreig weg te zakken in de losse sneeuw.

Endless night.

Hij komt me achterna.

Ik struikel en sta weer op.

Ik kan niet zien waar ik naartoe ga.

Zelfs mijn armen zijn nu zwaar.

Achtervolgd. Opgejaagd. Doodsbang.

Mijn longen staan in brand. Ik kom op een kleine open plek en laat me op handen en knieën vallen. Ik zuig de ijskoude lucht naar binnen.

Alles om me heen tolt.

De sneeuw weerkaatst het maanlicht. Het is bijna net zo licht als overdag.

Endless day.

Ik weet niet waar ik ben. Een geheim hoekje van de wereld. Als ik nu doodga, duurt het weken voordat ik word gevonden.

Iemand neuriet – of is het de wind?

De wereld staat op z'n kop, en ik hoest. Kokhals. Tranen prikken in mijn ogen en mijn hoofd bonkt.

Ik laat me op de grond vallen en rol me op mijn rug. Ik haal zwaar hijgend adem. Ik klop op mijn zak om te voelen of Kyra's opschrijfboekje er nog in zit. In elk geval ben ik niet alleen.

Mensen zullen me niet vinden, maar de wolven wel. Het geeft me bijna een gevoel van veiligheid. Ik adem. En ik word rustig van de sterren.

Dan hoor ik geluiden. Het knerpen van sneeuw. Het zwiepen van takken. Meneer Henderson stormt de open plek op met een gevaarlijke honger in zijn ogen en bloed op zijn handen.

Come to steal your soul away.

COME TO STEAL YOUR SOUL AWAY

Ik krabbel overeind en gil. Mijn stem weergalmt, maar niemand die me hoort, alleen wij tweeën.

Meneer Henderson komt op me af.

'U hoeft dit niet te doen,' zeg ik. 'Het zijn maar brieven. Morgenochtend ga ik weg, dan ben ik geen bedreiging meer voor u.'

'Je bent altijd een bedreiging voor ons geweest. Voor Kyra. Door jou verloor ze het ware doel in haar leven uit het oog.' Hij drijft me in het nauw. Er is alleen nog maar woede – of misschien wanhoop.

'Meneer H, alstublíéft.'

Deze man droeg Kyra en mij op zijn schouders. Hij vond een manier om met Kyra te praten als ze met niemand anders wilde praten, zelfs niet met mij. Soms was hij wekenlang op zakenreis, maar als hij thuis was, was hij Kyra's rots in de branding. Ze vertrouwde hem, en ik ook.

Ik probeer weg te kruipen, maar hij is groter, sterker, sneller.

Hij legt zijn handen om mijn keel en ik krijg geen lucht krijg geen lucht krijg geen lucht. Ik kronkel en klauw en schop, maar hij laat niet los.

'Niemand zal je komen zoeken,' zegt hij zacht, terwijl hij harder knijpt. Ik zie zwarte vlekken voor mijn ogen. 'Ik zorg dat het op een ongeluk lijkt. Zo moeilijk is dat niet. Je valt in het donker, kan gebeuren. Of je kunt verdrinken in het meer, daar kraait geen haan naar. Ze zeggen dat het een vredige dood is, verdrinken.'

Ik ram mijn knie omhoog en hij sist als ik zijn kruis raak. Hij wankelt, maar laat niet los.

Ik krijg geen lucht.

'Als je lichaam niet wordt gevonden, is er geen misdrijf gepleegd. Hooguit een tragisch ongeval. Zelfs in hartje winter zwerven er wilde dieren door het bos. Je zou een makkelijke prooi zijn. Een lekker maaltje voor de wolven. Ze zullen van je smullen.'

Nu wordt het helemaal zwart voor mijn ogen.

'Niemand komt tussen mij en mijn dochter.'

Dan verlies ik het bewustzijn.

VERGEEF ME

Het is niet zo dat mijn hele leven in een flits langskomt. Ik zie geen sterretjes. Ik ben niet in paniek. Onwankelbaar verzet welt op in mijn binnenste. Ik weiger me erbij neer te leggen dat dit het einde is.

Ik. Ga. Niet. Dood.

Ik welf mijn rug, put kracht uit mijn angst en vecht. Ik krab zijn gezicht en handen open. Ik schop hem nog een keer, keihard. Mijn knie stoot nogmaals in zijn kruis, en dit keer laat hij los.

Hij vloekt, een schorre kreet.

Ik zuig de zoete, zuivere lucht in mijn longen. Alles doet pijn, vooral ademhalen. Maar ik kan de pijn niet verzachten of eraan toegeven. Ik moet iets dóén.

Mijn ogen tranen en ik krabbel bij hem vandaan. Ik probeer te gaan staan, maar alles draait om me heen. Ik kruip.

Zijn hand sluit zich om mijn enkel. Ik doe mijn mond open om te gillen, maar er komt alleen een droge snik uit.

'Laat me met rust.'

'Nee.'

Ik draai me naar hem toe en mijn adem stokt.

Met zijn ene hand houdt hij mijn voet vast. In de andere heeft hij een mes. Ik herken het uit de keuken. Een vleesmes, een koksmes.

Hij houdt het mes vlak boven mijn sneeuwlaars. Als hij harder drukt, snijdt hij zo door mijn broek, huid en spierweefsel heen. Als ik niet kan staan of lopen, vries ik ter plekke dood.

O mijn god, hij gaat me vermoorden. Hij gaat me écht vermoorden. Ik kan geen kant uit.

'Ik wil dit helemaal niet doen, Corey,' zegt hij ijzig kalm, 'maar ik kan je niet weg laten gaan. En bloed lokt de roofdieren.'

Kyra vertelde me vaak verhalen over meisjes die in het bos verdwalen, ten prooi vallen aan wolven en van de aardbodem verdwijnen. Ze waren als waarschuwing bedoeld, maar het komt echt voor dat mensen door wolven worden aangevallen. Meneer Henderson hoeft me niet eens eigenhandig te vermoorden; het is genoeg om me gewond en bloedend achter te laten.

Hij gaat met het mes langs de rand van mijn laars, en ik durf me niet meer te verroeren. Ik ben machteloos.

'Geef me de brief, Corey.'

Een wolk schuift voor de maan en het wordt donker. Ik krom mijn vingers, maar krijg geen houvast in de sneeuw.

In plaats daarvan klamp ik me vast aan mijn boosheid.

'U hoefde haar erfenis niet te beschermen. U moest háár beschermen. Kyra. Haar dromen. Haar plannen. Haar toekomst.' Het is vragen om problemen om een man met een mes in zijn hand nog kwader te maken, maar ik kan me niet inhouden, zelfs al had ik het gewild. 'Ze had u nodig als haar váder.'

Hij ademt in alsof hij iets wil gaan zeggen, maar ik ben niet te stuiten.

'Weet u wel wat schilderen voor haar betekende? Het was niet haar passie, het was haar manier om met haar problemen om te gaan. Ze had therapie nodig. Ze had medicijnen nodig. Ze had hulp nodig. Ze verdiende erkenning. Die kreeg ze van ons allebei niet.'

Mijn woorden raken hem. De druk van het mes wordt minder.

'Je begrijpt er niets van,' snauwt hij.

'Ik begrijp genoeg.'

Mijn vingers liggen tegen het opschrijfboekje. De brief die meneer H wil hebben zit erin, maar die kan ik er niet uit halen zonder dat hij het boekje ziet en dat wil ik niet. Kyra had het niet voor niets verstopt. Ze wilde niet dat hij zou lezen wat ze had geschreven. Maar Kyra zou dit ook niet hebben gewild. Hij wil niet naar me luisteren. Maar misschien luistert hij wel naar haar. Ooit. Misschien dat hij haar zal begrijpen als hij haar brieven leest – ál haar brieven.

Of misschien ook niet. Maar als ik Kyra's boekje meeneem naar de buitenwereld, wie zullen de mensen dan geloven? De woorden van een meisje met een bipolaire stoornis, of de eensluidende verklaring van een heel dorp?

Vergeef me, Kyr.

'Meneer Henderson,' zeg ik.

Zijn ogen flikkeren. Vroeger dacht ik dat Kyra haar vaders ogen had, dezelfde intelligente en nieuwsgierige blik. Maar nu hij boven met uittorent en zijn gezicht vertrokken is van haat, lijkt hij totaal niet meer op Kyra.

En ik heb medelijden met hem.

Ik haal het boekje uit mijn zak, en hij verstijft. Verbleekt. 'Hier zijn haar brieven. Vangen.' Dan smijt ik het weg alsof het een frisbee is, naar de schaduw aan de rand van de open plek. Als hij het niet snel vindt, raakt het waarschijnlijk voorgoed zoek.

Zodra hij mijn been loslaat, krabbel ik overeind en ren ik weg. De heuvel af. Tussen de bomen door. Struikelend over de afgebroken takken onder de sneeuw. Ik blijf rennen totdat ik bij het kuuroord ben. De tranen staan in mijn ogen.

Roshan vangt me op. Er loopt een snee over zijn slaap, maar afgezien daarvan lijkt hij ongedeerd.

Ik snik bijna van opluchting.

'Hij heeft me nodig. Hij heeft mijn vaders geld nodig. Hij zou me nooit iets aandoen.' Roshan probeert me waarschijnlijk te troosten, maar dat lukt niet. Hij wil me mijn rugzak en wat er over is van mijn spullen aangeven, maar ik heb de energie niet om ze aan te pakken. Ik kan niet meer op mijn benen staan. Ik kan mijn emoties niet de baas. Ik blijf trillen.

Ik zak op de grond in elkaar. Roshan komt naast me op zijn knieën zitten en slaat een arm om me heen. 'Ik ben hier,' zegt hij. 'Ik blijf bij je.'

'Ik wil naar huis.'

'Dat begrijp ik.'

Roshan beschermt me tegen alles waar ik bang voor ben, terwijl ik huil totdat ik geen tranen meer over heb. En als ik niet langer ril, omhelst hij me nog steviger.

'Kyra heeft me verteld dat je astronoom wilt worden. De lucht klaart op. Wil je me over de sterren vertellen?'

Ik bijt op mijn lip en kijk omhoog. Ik kan Venus zien, helder verlicht door de maan. Gemini en Orion met Betelgeuze, hoog boven ons. Canis Majoris, met een wazige Melkweg. De lucht om ons heen is blauw omrand, en een meteoor trekt een stralende streep.

Ik glimlach.

Misschien dat ik daarom van de nachthemel kan houden, terwijl ik een hekel heb aan het donker. Omdat er zoveel licht is.

DE ZESDE DAG

HELDENDAGEN

BIJNA TWEE JAAR EERDER

‘Waarom noem je ze heldendagen?’ vroeg ik Kyra een keer ’s ochtends vroeg. We waren naar de airstrip gelopen om naar de zonsopgang boven de bergen in de verte te kijken. Het was niet lang nadat het ijs was gebroken, en zonlicht voelde als een luxe.

‘Omdat elk verhaal een held nodig heeft,’ zei Kyra. ‘En ik wil graag de held van mijn verhaal zijn.’

‘Mag ik je hulpje zijn?’

‘Ik heb liever dat je de held bent van je eigen verhaal,’ zei ze. ‘Een bondgenoot van de mijne.’

‘Waar gaan we tegen vechten? Monsters? Superschurken? Draken? Elanden?’

De lucht begon langzaam roze te kleuren, zonlicht dat uitvloeide over het blauw. Kyra staarde naar de beginnende dageraad, en de wind speelde met haar haren. ‘Angst,’ zei ze uiteindelijk. ‘We gaan vechten tegen angst.’

'Hoe dan?'

'Door onze angst toe te laten. We moeten onze angst niet ontkennen. We mogen niet vergeten dat we bang zijn. En we moeten ondanks onze angst doorgaan.'

'Ik begrijp het niet,' zei ik.

'Dat weet ik.'

Ze liep naar de rand van de airstrip en ging op een steen zitten. Wanneer ze zo helemaal in elkaar dook, met uitstekende knieën en ellebogen, was ze zoveel kleiner dan hoe ik haar kende. 'Ik vergeet soms om bang te zijn, meestal tijdens mijn manische episodes. Ik vergeet hoe het is om anders te zijn, en dan vergeet ik om bang te zijn.'

'Is het niet fijn om dat te vergeten?'

'Nee.' Ze schudde haar hoofd. 'Ik wil niet bang zijn. Maar ik wil mezelf niet vergeten, wie ik ben.'

'Waar ben je bang voor?'

'Dat ik hier voorgoed moet blijven,' antwoordde ze toonloos. 'Dat heb ik je vaker verteld.'

Ik wachtte af.

'Ik ben bang voor mezelf,' ging ze verder. 'Ik ben bang dat ik mezelf iets aan zal doen – of andere mensen. Ik ben bang dat ik jou pijn zal doen.' Ze wachtte even. 'En ik ben doodsbang om jou kwijt te raken.'

'Ja raakt me niet kwijt,' fluisterde ik.

'Dat kun je niet beloven.'

'Nee, dat is waar.'

Ze trok haar knieën omhoog tegen haar borst. 'Maar ik ben vooral bang voor de anderen. Lost heeft een code, Cor, en ik hoor daar niet bij. Ik pas hier niet, en ze sluiten me liever buiten. Ik ben een bedreiging voor hen, dus kan ik niet vergeten om bang te zijn, want ik weet dat zij een bedreiging vormen voor mij.'

Ik kwam naast haar zitten op het nog bevroren gras en trok haar tegen me aan. De roze lucht stond in brand toen de eerste zonnestralen boven de bergen uit kwamen. De witte toppen kleurden oranje, net als, stukje bij beetje, de wereld om ons heen. Ik had altijd een voorkeur gehad voor planeten en sterren, maar het was ook bijzonder om de wereld te zien ontwaken. Het was een stil wonder.

'We noemen ze heldendagen,' zei Kyra, 'omdat we dan strijden tegen de angst zelf. En we overwinnen.'

OP WEG NAAR HUIS

Roshan neemt me mee naar Aarons hut, waar we de nacht doorbrengen. Misschien heb ik even geslapen, ik weet het niet zeker. Maar Roshan en Aaron blijven bij me, en dat is genoeg. Meneer Henderson heeft Kyra's brieven, Lost behoudt zijn mythe, en ik ben veilig.

Ik omklem mijn rugzak terwijl Roshan en Aaron in de vroege ochtendschemering met me meelopen naar de airstrip. Mijn telefoon ben ik kwijt. Ik ben veel van mijn kleren kwijt. Maar ik heb mijn paspoort, mijn ticket en de laatste brief die Kyra me heeft geschreven. Ik zal de herinnering aan Kyra altijd met me meedragen in mijn hart. Zij zal nooit helemaal los komen van Lost. Ze zal voortleven in de overlevering, in de verhalen die de mensen fluisteren, en in haar nagelaten werk.

Als het vliegtuig is geland, loopt Roshan met me mee. Ik moet het vragen. 'Ga jij Kyra's verhaal vertellen? Ga je vertellen wat er vannacht is gebeurd?'

Roshan helpt me het trapje op en geeft me met een trieste glimlach mijn rugzak aan, en ik weet dat Kyra's verhaal nooit buiten de grenzen van Lost zal komen, afgezien van de stukjes die ik meeneem. Ze zal een legende worden, hoewel ze dat zelf nooit heeft gewild.

'Niemand zou me geloven, net zomin als ze jou zullen geloven. Het spijt me. We hebben Kyra niet kunnen helpen, maar we kunnen bewijzen hoeveel we van haar hielden door te leven. Door te beminnen. Door te leren.'

En misschien, denk ik in stilte, door geen geheimen meer te hebben. 'Andere regels. Een andere wereld.'

'We moeten aan onze toekomst werken, Corey. Dat zijn we haar verplicht. Zo voel ik het.' Ik kijk naar de horizon, en Aaron haalt zijn hand uit zijn zak om te zwaaien. Sam staat naast hem. 'Toen we het over de mijn hadden, vertelde ik dat mijn vader met respect te werk wil gaan. Dat wil ik ook.'

Ik kijk langs hem heen naar Lost, wetend dat het de laatste keer is dat ik deze plek die ooit mijn thuis was, zal zien.

'Ga naar Sam, Roshan. Ga naar huis.' Ik ga ook naar huis.

Roshan loopt achteruit, en de kleine motor van het vliegtuigje ronkt. Een paar minuten later taxiën we over de airstrip. De naaldbomen aan weerszijden veranderen in een groen waas als we vaart maken.

Ik richt mijn blik op de strakblauwe lucht voor ons en kijk niet om.

HERINNERINGEN

Mijn Kyra was niet uitzonderlijk. Ze was niet anders of beter dan wij allemaal, maar ook niet minder. Ze hield van toffees en bessen. Ze lustte geen peren en witte chocola. Roze was haar lievelingskleur. Ze hield van stortbuien en sneeuwengelen, en ze genoot ervan om met een boek over antropologie of volksverhalen in de zon te zitten. Ze was een nerd. Ze was doortastend. Ze beleefde lange nachten en heldendagen, en ze was nog maar een meisje, mijn meisje. Ze had een bipolaire stoornis, en dat was niet haar slechtste of haar beste kant, maar wel een onlosmakelijk deel van haar. Ze was een verhalenverteller. En al had ze visioenen, ze was geen orakel, zoals Lost graag wilde. Ze was geen profetes.

Zo herinner ik me haar in elk geval niet.

Ik kies er liever voor om me haar te herinneren zoals ze was, staand op de airstrip toen mijn moeder, Luke en ik afscheid namen van Lost. Ze droeg een grijs T-shirt met roze bloemen, en haar haar hing in een vlecht op haar rug. Haar brillenglazen weerspiegelden de felle zon.

Toen we klaar waren om aan boord te gaan, nam ze me even terzijde. 'Dit wordt een nieuw verhaal,' zei ze. 'Jouw verhaal. Maar laat mij alsjeblieft niet weg, oké?'

Heftig schudde ik mijn hoofd. 'Dat zou ik nooit doen. Nooit.'

'We gaan elkaar schrijven. Jij komt logeren. En misschien kan ik volgend jaar een keer bij jou komen logeren. Ik wil in elk geval naar het Anthropology Museum van de universiteit van Winnipeg. En misschien kun je me meenemen naar de Royal Astronomical Society.'

Ze kende me zo goed. Kennelijk had ze meer research gedaan naar mijn nieuwe woonplaats dan ikzelf. Ik had dat expres niet gedaan, omdat de verhuizing dan dichterbij zou komen. Maar daar op die airstrip, toen ik de onvermijdelijke verandering niet meer kon ontkennen, voelde het alsof iemand een deur opendeed en was ik opeens nieuwsgierig naar wat er aan de andere kant zou zijn.

'Ik neem de wereld voor je mee,' zei ik.

Ze glimlachte. En ik wist niet – wist nooit – of die glimlach oprecht was of geforceerd omdat ze dapper wilde lijken.

'We zien elkaar snel,' beloofde ik.

'Ik hoop het,' zei ze.

Zij stond nog als laatste op de airstrip toen we opstegen. Ik bleef naar haar kijken totdat ze niet meer dan een stipje was tussen het groen.

Zo wil ik aan haar blijven denken. En elke keer dat ik een hoek om ga, blijf ik denken dat ik haar zal zien. Met elk sterrenbeeld dat ik bestudeer, zal ik verhalen verweven met wetenschap.

Ik zal een brug naar haar bouwen. Ik zal uitkijken naar vallende sterren.

Dat ik spijt heb, wil niet zeggen dat ik mezelf vergeef. Mijn aarzelende begrip ook niet. Nog niet. Misschien nooit.

Dit is geen 'en ze leefden nog lang en gelukkig'.

Maar er is wel hoop. En hier begin ik een nieuw verhaal.

Er was eens…

DANKWOORD

Als auteur maak je deel uit van een grote gemeenschap, iets om heel erg blij van te worden. Dank aan alle schrijvers die me inspireren. Aan alle mensen die zich ervoor inzetten om boeken uit te geven. Aan de ontelbare lezers van mijn boeken die me feedback geven en hun hoop en dromen met me delen. Aan jou, degene met dit boek in je handen. Héél erg bedankt!

Oneindige dank aan:

Jennifer Udden, een agent uit duizenden. Ik prijs me gelukkig met iemand die zo enthousiast is over mijn verhalen. Barry Goldblatt, die me zo warm heeft onthaald in zijn literaire familie. En Tricia Ready, omdat ze net zo gek is op sneeuw als ik.

Annette Pollert-Morgan, mijn fantastische editor. Dankzij jouw inzicht en commentaar ben ik een betere schrijver.

Iedereen bij Sourcebooks, waar ik me zo thuis voel; Dominique Raccah, Barb Briel, Todd Stocke, Steve Geck, Sarah Kasman, Cassie Gutman, Bret Kehoe, Michelle Lecuyer, Nicole Komasinski, Kelly Lawler, Sarah Cardillo, Danielle McNaughton, Heather Moore, Valarie Pierce, Beth Oleniczak, Alex Yeadon, Chris Bauerle, Heidi Weiland, Sean Murray, Bill Preston, Margaret Coffee, Shane White, Sara Hartman-Seeskin, Caitlin Lawler, Jennifer Sterkowitz, John Donnelly, Tina Wilson, Christy Droege, Susan Busch. Jullie zijn goud waard. Dankzij jullie worden dromen werkelijkheid.

Mijn buitenlandse uitgevers, die mijn verhalen over de wereld laten reizen. En in het bijzonder de supersterren bij HarperCollins Holland, die mijn boeken thuisbrengen. Wat een eer.

De sterren aan mijn nachthemel: Hannah Weyh, mijn favo eenhoorn, de eerste die ik over Corey en Kyra vertelde (toen ze nog andere namen hadden). Dahlia Adler, die zelfs nog in me gelooft als ik niet in mezelf geloof en die Lost Creek meteen in de armen had gesloten. Corinne Duyvis, mijn collega-avonturier en op zo vele gebieden mijn tweeling. En Fox Benwell, zonder wie dit boek niet zou bestaan.

Katherine Locke, die er altijd voor me is en met wie ik eindeloos kan kletsen over plots, politiek en publiceren. Jessica Spotswood voor haar lekker lange e-mails en haar vriendschap, en Francesca Zappia voor haar baldadigheid, slechte ideeën en absurde theorieën. Rebecca Coffindaffer, co-host van het PitchMadness-team en de beste cheerleader ooit. En nog zoveel anderen. Jullie weten wie jullie zijn! Bedankt!

Alle mee-lezers, die me onvermoeibaar hebben geholpen om dit verhaal en de personages vorm te geven: Ami Allen-Vath, Tawney Bland, Rae Chang, Ronni Davis, Lex Leonov, Tara Sim, Kayla Whaley, en de anderen die niet bij naam willen worden genoemd. Ik ben jullie zo dankbaar voor jullie vriendschap en oprechtheid. Alles wat ik goed heb gedaan is helemaal dankzij jullie, en alle fouten neem ik geheel voor mijn rekening.

Becky Albertalli en Heidi Heilig, die mijn vragen met engelengeduld hebben beantwoord. Jullie zijn zo hartelijk en innemend, ik beschouw het als een eer dat ik jullie mijn vrienden mag noemen.

Ik heb een groot deel van dit boek geschreven in een Schots landhuis, in zeer goed gezelschap. Dit is voor jullie, Writing Weasels, ik denk met weemoed terug aan de spelletjes die we hebben gespeeld en de maaltijden die we zelf bij elkaar scharrelden.

De kern van dit boek is gebaseerd op verhalen, en verhalen zijn voor mij altijd onontbeerlijk geweest; ik kan niet zonder. Boeken inspireren me. En tijdens het proces van het schrijven van dit boek herontdekte ik mijn liefde voor gedeelde verhalen en rollenspelen. Dank jullie wel, cast, crew en community van *Critical Role*! Jullie waren een bron van inspiratie, een boost voor mijn creativiteit op het moment dat ik het heel hard nodig had. Dank jullie wel aan alle fantastische rollenspelers met wie ik door de jaren heen avonturen heb beleefd. En in het bijzonder mijn YA&D crew. Dankzij jullie komt een wereld die alleen in mijn verbeelding bestaat tot leven. (PS Mind the Trickster. Watch the Thief. Beware the Dragon)

Tot slot bedank ik zoals altijd mijn moeder, mijn zussen, mijn neef en mijn beste vrienden, de helderste sterren aan mijn firmament. Bedankt. Uit de grond van mijn hart.